爱在天地间

默言秋 —— 著

北京时代华文书局

图书在版编目（CIP）数据

爱在天地间 / 默言秋著. — 北京：北京时代华文书局，2022.1
ISBN 978-7-5699-4498-3

Ⅰ. ①爱… Ⅱ. ①默… Ⅲ. ①散文集－中国－当代 ②诗集－中国－当代 Ⅳ. ① I217.2

中国版本图书馆CIP数据核字（2021）第 277686 号

爱 在 天 地 间
AI ZAI TIANDI JIAN

著　　者｜默言秋
出 版 人｜陈　涛
选题策划｜许日春
责任编辑｜石乃月
责任校对｜刘晶晶
封面设计｜孙丽莉
内文设计｜王艾迪
责任印制｜訾　敬

出版发行｜北京时代华文书局 http://www.bjsdsj.com.cn
　　　　　北京市东城区安定门外大街 138 号皇城国际大厦 A 座 8 楼
　　　　　邮编：100011　电话：010-64267955　64267677
印　　刷｜三河市嘉科万达彩色印刷有限公司　0316-3156777
　　　　　（如发现印装质量问题，请与印刷厂联系调换）
开　　本｜710mm×1000mm　1/16　印　张｜16.5　字　数｜177 千字
版　　次｜2022 年 2 月第 1 版　印　次｜2022 年 2 月第 1 次印刷
书　　号｜ISBN 978-7-5699-4498-3
定　　价｜49.00 元

版权所有，侵权必究

序

"人闲桂花落，夜静春山空。"小时候读这首诗只觉得美，并不理解这首诗的好。后来方悟得"闲"时观到飘落的桂花，"静"中赏到空寂的春山，是何等的气象。

"闲"时之趣，"静"中之妙，若得以觉察体悟，那便是生命中最大的奢华。

在时间和空间的数轴上，每个人行走在各自的坐标点。

跟随四季，追着时光，捡拾那些从枝头上散落下来的果实，蘸露水风霜，凝结成诗。那是我的另一方田园，是自己与自我心灵的对话，情智清明，安顿心灵。

曾经生活过的辽阔天地，一棵树，一条河，一尾鱼，风拂过林木的声响，所抵达的丰富给予我无可言说的欢喜。生命中那些纯真之人给予的爱与善，日暖风恬，铭感于怀。

悠悠天宇旷，茫茫江水远，看苍山如海，经悲欢岁月。

不管是艺术、哲学还是宗教，其实都有同一个指向：修得一个高贵的灵魂，学会审美，心怀慈悲。语言裹着我的思想，在生命的长河中，打捞岁月的光辉。引用奥维德《变形记》中最后几句：

吾诗已成
无论大神的震怒
还是刀剑、烈火或光阴
都不能把它化为无形！

辞拙言真，以此为序，愿与大家共勉。

默言秋

2022年1月

诗歌卷

目录

第一辑　昨夜闲潭梦落花

回不去的光阴 / 005
泥土香 / 007
远方的海 / 009
一颗麦芽糖 / 011
一路走，一路想 / 012
你是否还记得 / 014
沿着秋天的路 / 016
怀念你阳光一样的模样 / 018
秋末的凉 / 020
写给岁月 / 023
故乡的秋天 / 025
麦香 / 028
妈妈的衣袖 / 029
北来的风 / 031

第二辑　爱与孤独

十月之韵 / 035
蒲公英 / 040
江水悠悠 / 041
谁懂青藤 / 043
爱，一起走过 / 045
夜深，回家 / 047
孤独 / 049
想在你小小的心怀里沉醉 / 050

三月河 / 053
你的颜色 / 055
一个葱郁的世界 / 056
因为你 / 058
请把你的手给我 / 059

第三辑　千江有水千江月

一颗微笑的心 / 063
奇石 / 065
借一片夜的清凉 / 067
等你 / 069
秋日心语 / 073
有你的方向 / 075
一树白梅盛开 / 077
一个月亮在天上，
一个名字在水中央 / 080

第四辑　一笑一尘缘

一点，就好 / 085
燃烧的快乐 / 087
从一首诗开始 / 089
黑白韵
　　——一帧梅花十字绣 / 090
我会想起你 / 091

荷塘秋色

——赠八友 / 093

经典诵读感怀

——赠五十中学天鹅湖校区学子参加合肥市第六届"广玉兰"杯经典诵读活动 / 095

致敬时光 / 097

与九四班学子书

——毕业赠言 / 101

第五辑　深冬日亦长

那一季慢时光 / 105

第六辑　借一寸光阴

活在自己的心里 / 125

我若是风 / 126

遇见 / 129

喜欢 / 132

如果我离去 / 134

陪一弯瘦月亮 / 136

除夕夜 / 137

这一天 / 139

一切的美丽在土地下生长 / 141

第七辑　语默动静体自然

行走在秋季 / 145

听月 / 148

一尾鱼 / 151

三月 / 154

我用含泪的眼睛看着你 / 157

一寸暖 / 159

愿君与春同住 / 162

自在 / 164

散文卷

目录

第一辑 用生命之火取暖

听从内心 / 171

高贵，在汗水中闪光 / 174

那一个天真烂漫的笑容 / 177

尘世里的那片桃花源 / 181

我的生命在唱歌 / 186

路有多远 / 192

第二辑 欢喜一念

坐看云起时 / 197

人间有味是清欢 / 200

换一种姿态见到更美的风景 / 203

谁念西风独自凉 / 205

偶然间遇见你 / 208

第三辑 说出来，就是永恒

漫步深秋 / 213

一叶唤我心 / 215

一棵树 / 217

心在春行处 / 219

香樟的香 / 221

心静好陪日月长 / 223

无法分享的生命 / 225

简单方得自在 / 227

语不如默 / 231

大地的深情 / 233

第四辑 彼岸是故乡

就这样，埋下一颗种子 / 237

那片迎春花 / 239

藏在麦粒里的爱 / 245

闪光的记忆 / 247

唯有那一方天地不可忘却 / 249

寒灯独夜人 / 251

别 / 253

诗歌卷

第一辑

昨夜闲潭梦落花

回不去的光阴

三月的梨花，还没有开
住在城里，泥土离母亲太遥远
母亲不愿坐在沙发上
拎一把木椅
坐在室内一株高高盆景下

那一个坐姿
我笑着说：妈妈，您就像坐在老家的梨树下
母亲的笑那样甜
我的眼前就闪现出一幅风景画

四月天，一园一园洁白的梨花
密密的枝，艳艳的阳
田间飘过淡淡、甜甜油菜花的香

仿佛一个遥远的梦

母亲话里带着留恋的伤

无法回头的光阴

就这样，在某一个境遇里被怀想

母亲说，她那里还有几颗去年的种子

春天来了，在这个城市里

那几颗种子再也无处栽放

泥土香

二月天
走在铺满硬硬柏油的路面
路旁一片青草地
带我走回故乡的泥土香

风,带着阳光的温暖
吹醒绿油油的麦田
吹醒泥土紧闭的眼
两位老人是否并肩走在田园
手提竹篮
盛满清香的荠菜

一群孩童是否奔跑在旷野
手牵长线
放飞快乐满天

我无法走近泥土的香

抚一枝垂柳

端详它不动声色的容颜

猜想泥土下的根

在悄悄传递着怎样的语言

我的思念随季节

潜在泥土下

轮回每一个岁岁年年

远方的海

小时候在岸上

学会了行走

那时还不懂海的含义

母亲牵着我的手

她的脚印就是我的行程

上学后在书本里

读到了海的美丽

母亲用她全部的想象为我描绘

牵着我的手在田野上

指着远方的海

后来告别了母亲

海水常常打湿了我的衣襟

妈妈

如今我只身在大海的怀里

却没有了您描述的新奇

颠簸的航行里
我用泪水凝成快乐
寄给远远的岸边的母亲

一颗麦芽糖

为什么会这样深深想起

在这弥漫着雾的冬季

那里,有存在记忆里的麦芽糖

那里,有疼爱我的人

那里的风景早已不再是我生活过的天地

小时候爱吃甜

那种甜

就在悠悠时光里沉淀成一种想念

一颗麦芽糖的甜

两个疼爱我的人

此刻,就是我全部的故乡

一路走,一路想

独行

行走在你陪我走过的人海里

一个身影像你

寻觅,是一个又一个的陌生人

路过

路过你等我的车站旁

透过窗,认出你曾经站立过的地方

一阵风吹过

空空

回想

摇摇晃晃的公交车

一站一站停,一站一站开

看着车窗外的树

一棵一棵向后飞

就像我想挽留的某些美丽的光阴

暖风吹

春天真的来了吗

换去厚厚的外衣，走在阳光里

暖暖的风，吹开我沉沉的心

那株水仙

开了落了

说春天来了

你是否还记得

你是否还记得

春天的小河旁

风儿铺开的花朵

还有数不清的颤抖在草尖上的歌

你是否还记得

夏天的果园里

我们网住的蝉

还有数不尽的青果在绿叶下的欢乐

你是否还记得

秋天的树林里

我们放飞的小鸟

还有层层叠叠的枯叶在风起处跳舞

你是否还记得

冬天的石桥上

我们滑过的雪

还有河床上硬硬的冰在太阳下刺眼的光

那些曾经的岁月

你是否还记得

沿着秋天的路

为什么

秋天的风，在我的心头注满赞叹与忧愁

为什么

秋天的河，在我的心中流淌又凝固

生命在遥远的梦里闪耀着温暖的回味

我告诉自己

你的离去像一次落叶飘零

却再也回不到枝头

我孤独的眼眸在秋天的光芒里

寻找着感动

叶赛宁的吟唱是那么动人心扉

阳光的照射如剑之吻，痛却甜美

我站立那一片载着成熟与凋零的秋色里

问了又问

寂寞天堂里，你的微笑给谁

曾经你牵着我的手，行走在晨与昏的树林

那条由家门通往田野的路

浸透过你的汗滴

我常常安逸地伏在你的背上熟睡

村前的那座桥，驮着斑驳的岁月

家后的那条河，早已不再放歌

我在挥汗如雨的盛夏回来

却只能沿着一条梦中的路

想你

和与你在一起的往昔

怀念你阳光一样的模样

如果所有的往昔都被忘却
如果所有的记忆都被封锁
我愿意
这样就不会再有一种悲痛
淹没我

怀念却不肯将我饶恕

我怀念你温暖的手
为我缝制过的书包
为我梳扎好的发辫
为我折叠齐的被褥
为我穿戴好的衣服

我怀念你清纯的眼睛
怀念你羞涩的面容

怀念你微蹙的额头

你是那么年轻

你走得那样匆匆
你伸开的手臂还没有来得及拥抱
你展开的翅膀还没有来得及飞翔

你阳光碎片一样的模样
你月光柔水一样的心肠

云一样地来
风一样地散

只留给我你阳光一样的模样
让我想了又想

秋末的凉

夏季，我回到老家

疾驶的车速，把我的思绪拉长

我所有的记忆

都缠绕上外公种下的藤

藤下的土地，就是我的家

那长长短短的梦

是外婆为我开开合合的门

那座院，那栋房

空了，荒了

满院子停泊着秋末的凉

园中的那根藤枯了

院中各色的花谢了

一把锈锁，掩上一段我魂牵梦绕的岁月

外公外婆住进了养老院

他们说，那是乡下人想去去不了的地方
窄窄长长的道，我去寻

一座寂寞的院墙里，住着一群孤独的老人
在摆着一张床、一张桌，一间十几平米的房间里
我见到疼爱我的外公外婆了
我紧紧地抱抱外婆，我不能言语
我紧紧地抱抱外公，我无法言语

我转身，狠狠流泪
我的泪，再也无法唤醒外公种植的那棵青藤
我的泪，再也无法浇开外婆喜欢的一园花朵

那一处曾经属于我们的
充满爱和春光的庭院呢
我亲爱的外公外婆

我在这苍白和苍凉的地方见到您

挥手别离时
看到您像个孩子似的蹒跚的步履
看到您像个孩子似的委屈的泪水
我心碎

从此,我的心头粘贴上离伤
一半是现实,一半是梦想
中间牵着挥之不去的一院秋末的凉

写给岁月

母亲,见到您

我便想起家乡的田园

想起缠绕篱笆的梅豆荚

还有缀满它枝头的白色紫色的花

想起家乡桥头外弯弯曲曲的路

想起穿透白杨林道道直射的阳光

还有那片永远栖息着梦想的梨园

我挽着您

散步在被淡淡的梨花香饮醉的月光下

这些岁月

随着您的脚步

被城市硬硬的车轮碾碎在喧嚣下

母亲,为什么我总爱回忆那些逝去的童话

然后一个人紧紧攥在孤独的手掌心

母亲，我不忍触摸您的白发

只能握住您的手

说一些不让您伤感的话

您是我的妈妈，我多想伏在您的怀里

尽情哭一场

让我在岁月的风尘里

遇到的某些人某些事某些伤

在泪水里融化

母亲，我却不能这样地

在您的怀里哭一场

故乡的秋天

昨夜

一阵风不小心溜进门槛

吹疼了思念

隔窗

我看见一只孤飞的雁

回首

细数着遗失的

小暑、大暑

眼睛停在了立秋

无声无息的光阴

什么时候将夏季偷去

丢下一个秋满地悠闲地走

我怎会不知呢

今天已是处暑

过了今日

气温一天比一天凉

思念一天比一天浓

我凭借记忆和想象走进田野

玉米的穗须改变颜色了吧

大豆的青绿透着晶黄了吧

梨子的香气该弥散在空中了吧

棉花

该采絮了吧

那白白的柔柔的暖暖的棉絮啊

如云朵如月光

田野里任何一种色彩

都让我沉醉

一株玉米就是一种人生

那丝丝由翠绿变枯的须发

飘垂风雨烈日中

在属于自己的青衣黄穗间走完一生

叔叔从乡下来

带来满满一包毛豆

饱满浑圆

展开这包毛豆

便展开了故乡整个的秋天

麦香

世界越来越静,我在一片安静里打开故乡

为何要在这个时间里想念

然后,用接触文字的方式,接近某一种思想

想起阳光下那浓郁的青草,混合麦田的香

眼前便闪烁六月麦芒那金灿灿的光

麦香,撩起我疼痛的张望,在这个城市里

我只能依靠想象,绘制田野流畅的线条

和父亲流汗的脸庞

那潜入肺脏里的香

随风疯长,然后,凝成一枚种子的力量

在我体内肆意滋长,我疼痛地咬着唇,不发出一丝声响

把疼痛分发给每一粒文字,然后

每一粒文字都生长出翅膀,我伏在它的背上飞翔

在越来越安静的世界里,麦香撩拨着我的心房

妈妈的衣袖

妈妈扬起的手臂

还在风中挥动

浓浓晨雾

打湿了您的双眼

离家的孩子已走远

妈妈啊,请收拢起您的衣袖

轻轻转身脚步别太重

今晨又起雾

您挥动的衣袖在雾里

朦胧成一片紫色的梦

牵引我来到您耕耘过的地方

麦苗青稞瓜果秧苗

蘸着阳光一一吐穗绽放

散发着芬芳

妈妈啊,今晨又起雾
您向我扬起的手臂上
是被四季风吹过的轻衣袖

北来的风

风不会说谎

顺着我的发梢可以找到它来的方向

夹着刺骨的寒拍打在我的身上

北来的风

来自故乡

莹亮亮的冰凌今冬第一次亮相

儿时竟那样傻

折一根冰凌在嘴里嚼得嘎嘣响

脆脆的冬天就在我的笑声中走散

站在立交桥上

北来的风

吹痛长长的思念

冰凌变了

冬天变了

我变了

只有北来的风

依旧清晰四季的方向

第二辑
——
爱与孤独

十月之韵

风

天空，开始变得清澈安静

和水面，安详凝视

传送着眼眸

凉凉的风

因为十月的静谧

学会了含羞

十月的风

收起了春天的张扬

夏日的狂躁

冬季的肆虐

变得

像天空一样地洁净

雨

十月的雨

蜷缩起手脚

学着

像花瓣一样轻轻地飘

街灯下

没有了任何声响

只有十月的雨

才会如此地安静

悠长

柳

这个季节

水岸边依然葱翠的杨柳

低垂的枝叶

夜夜知为谁愁

也许，你所有的煎熬与忍耐

都只为等待

这安安静静的秋

将潜在骨子里的那一点凉

向十月倾诉

菊

我喜欢坐在高高的山头

想象一棵菊的笑容

十月的金盏啊

你是否已从南山的田园

隐逸到我添香的红袖

让我的每一粒文字
都保留着你吻时的温度

荷

那一塘残荷
痛彻心扉的美

是谁
把十月的韵脚
撑在长长的竹篙

莲蓬无意间
抖落成诗行

被几只掠塘的雁

蘸西下的斜阳

谱写成

断章

蒲公英

忽然很想念蒲公英

我知道此刻的想念有些荒唐

我在肃杀的严冬里

它开在春天的山坡上

记忆里摇曳着它无忧的思想

随风飞翔没什么不好

它的存在

至少留给孩童一片遐想

想念一片羽毛的轻

想念一朵蒲公英的好

想念春天的田野上

长满快乐的每一根草

一朵蒲公英带着我

自由自在地跑

江水悠悠

是谁乘一叶轻舟
划过李清照的溪亭
那个兴尽晚回家的夜晚
和莲花一醉方休

是谁点一盏灯火
照亮驿外断桥边的风景
那个更著风和雨的黄昏
独叹一树零落的花朵

隔着光阴
彼岸的树
用一种姿势盛开为永恒
静立在不眠的文字里

远处的那一片蒹葭

葱绿成一方不朽的树木
随一个追寻的身影
绽放成笔下绝美的诗篇

听
谁在月明的夜晚弹一曲天籁的古筝
随江水悠悠

谁懂青藤

昨天,在山上
看到满山光秃秃的树木
在寒空下伸展着铮铮铁骨

仰望
希望能听懂一句它们神奇的语言

没有风
雾霭渐渐笼上山峰
落叶堆满树林
脚下的路在林间没有尽头

爱人牵着我的手
往山上走
离路边最近的是几棵干枯的藤
我停下来
用力摇晃它的身躯

竟如此有韧性
力量通过我的手
一直传到藤的顶部

那里已分不清
哪是树的枝哪是藤的手
彼此已密密地紧紧地相握相守
都说藤依附着树
而此刻，分明是树依恋着藤
用一种人间没有的深情

凡尘里的目光
怎能理解那份灵魂的托付
寂寂山林

一棵树懂得一根藤的沉默
一根藤懂得一棵树的心灵

爱，一起走过

想起那一年，梧桐花绽满枝头
你年轻地笑，挽着我的手
走进爱情

不要问我，为何选择你相爱一生

因为仙人掌站立在干枯的沙漠
因为莲花绽放在六月的天空下
因为坚果的硬壳里怀着一颗柔软心

我用这些不是理由的理由
为爱你找一个借口

我深深地爱着你

冬去春又回

我看到一树盛开的梧桐花

摇在四月的天空下

很久很久没有看到梧桐花了

就像很久很久没有看到你我的爱情

那年今日

你用一树梧桐花的情义

微笑着挽我的手

走近一棵树

一起看一树盛开在四月的浅紫色的梦

这是属于你和我的

梧桐花的爱情

夜深，回家

其实夜来临不久
深度还不足够让我感觉到
凄清

街灯拉着我的影子
有些长
路不远
脚很轻

有家，真好
夜色再浓
心中有盏闪烁的灯

每当这个时候
灯光将我的快乐分成两半
一半随那盏灯的光辉在前

一半随两行灯的光辉在后

蹦蹦跳跳
贴着我的脚步

孤独

属于我一个人的孤独

又一次侵入肺腑

冷与暖的交织

从双手延伸到内心深处

我疼爱的孩子

我亲密的爱人

他们不知道

我内心的感受

那是只属于我一个人的孤独

隔着玻璃的明晃晃的阳光

仿佛是阴霾中海的细浪

在我的泪水里肆意欢畅

世界喧嚣

我坐在安静处

想在你小小的心怀里沉醉

你用清澈闪烁如星子的眼睛

机灵地望着我

你用你柔软的小手

在我脸上抚摸

宝贝,你不懂什么是忧愁

暂把我所有的烦与忧

寄藏在你小小的胸口

宝贝

你用那无邪的眼睛看着我

为何,我不能像你一样

难受时就放声大哭

我低首轻轻抵住你软软的额

宝贝,你天真的笑带给我谁也无法给予的轻松

你如此娇小可爱

我抱你在怀里引逗

你天使般的笑容

让我的心忽然如青莲一般绽开

宝贝

那一刻我感慨万千

因为我对你的爱

你为我创造了只有我一个人能体会的心境

宝贝

你在我的怀里

整个世界都温暖

我想抱你久一点再久一点

别责怪我对一个婴儿的贪婪

宝贝，借你一双无忧的眼

涤荡我久行在尘世里的荒秽

让负重的心在你的纯真里休眠

我可爱的宝贝

你在我的怀里

我如此强烈地想在你小小的心怀里沉醉

三月河

秋叶飘零

和你一起走过

白雪皑皑

和你一起赏过

春燕归来

和你一起看过

凋谢的已经走远

该来的如约到来

这个迟来的春天

终将温暖铺满人间

当再一次经过这些记忆的画卷

一切

都像你深情的眼

当燕子飞过三月河

我和你

行走在春天的田野

你的颜色

你是一抹蓝
一抹从天际飘来的蓝

我熟悉的每一片景致里
都生长出你的颜色
就像我深爱的梦幻中的蓝
就像我眷念的心灵里
永远盛开的一束紫丁香

世界很静,风很轻

你像这个世界一样安静地
听我倾诉

一个葱郁的世界

寒冷,生出了冰凌

也冻结了思绪

那裹藏着记忆和憧憬的诗句

蛰居在残伤的芦苇丛里

被一只觅食的水鸟

从水面拎起

闪翼飞去

一个孤独的老人

对着河边的一丛翠竹

轻吹短笛,即使传到隔岸

谁又懂得他的笛音

忽然感叹这智慧的长者

也许这湖这竹这石这树

都是为他守候的知音

午后阳光,摇摇晃晃

一片片光亮闪进眼眸

路旁,那些新植的树木

生长出甜蜜

空气中开始流动乳香般的汁液

一个葱郁的世界

跌跌撞撞,绽放在我站立的路口

因为你

因为你

我爱上这冬日的黄昏

在喧嚣的城市

拥有一片宁静的天地

湖边那一棵奇异的树木

带给我无边的惊喜

仿佛儿时坐在枝头摇碎阳光洒落一地

酸酸甜甜几粒杨梅

含在嘴里嚼出幸福无比

虽然不说话

看着你都如星星一般美

请把你的手给我

请把你的手给我

让你我用同一种温度

走过窄窄的桥

走过弯弯的路

请把你的手给我

让你我用同一种感动

走过阴阴的天

走过浓浓的雾

请把你的手给我

让你我用同一种节奏

走过夏季的雨

走过冬季的风

第三辑
——
千江有水千江月

一颗微笑的心

清晨出门
踩着薄薄的雪
去菜市

绿芹紫茄白菇青椒西红柿黑木耳
蔬菜的颜色是如此丰富多彩
让那些高昂的精神和诗意的语言
今天蹲下来
和蔬菜粮食做一次亲昵交谈

流连在无声无息五颜六色的蔬菜里
发现每一棵蔬菜都有一颗活着的心

每一棵菜
都有一个培育它的人
一个收获它的人
一个出售它的人

一个挑挑拣拣它的人

每一个人都有一颗不同的心

此刻,借助这丰富的颜色
想象它们在田园里秧苗时的模样
想象它们在天地间疯长时的肆意
想象人们手提竹篮
摘下满园红橙青蓝紫时的欢欣

抬眼处,遇到那个东篱采菊人
笔端会流泻出
一篮蔬菜香
还是一束菊花的美

我问一棵菜
蔬菜微笑着说,全凭自己的一颗心

奇石

有一个地方叫灵璧
那里的奇石人间一绝

大自然将粗劣的石块精雕细琢
历经地下无数个轰轰烈烈
又悄无声息的磨砺
将神奇呈现给人类

我眼前是一只神情威严的鹰
坚硬锋利的嘴，不容侵犯的表情

用竹筷轻轻敲击它的脊背
石鹰流泻出圆润的和音
用手轻轻抚摸它光泽均匀、卓立清瘦的身躯
我的心
开始像鹰一样地飞

一块石，站立成一尊雕像

无语千年

让人类敬仰

在生命的密码里

侠骨柔肠

看流水光阴

借一片夜的清凉

如同一只快乐的鸟儿
我在树林间浅翔
那初来的春风在月光中采集诗行
那一个地方
唤醒我曾经的美好

那里,荡漾着花的芬芳
没有放不开喉的歌唱
那里,停止了一切的劳累与忧伤
敞开了被世俗束缚的所有的思想
那里,心灵可以像冬日里一棵安静的银杏树
虽凋零却坦荡

身边的这片湖
成为我梦中的海洋

今晚,借一片夜的清凉

就像小时候守在家乡的田野上

望一轮高洁而孤独的月亮

等你

1

为什么
你还在阳光下沉默
任缤纷的花朵占尽春风
你每一个待放的叶芽
像贪睡的孩子
缱绻在温暖的怀抱
贪恋被呵护的好

2

只有我知道
你秋天里最后的飘落
是为了谁
那个爱你的人
一次又一次在你的身边
徘徊

或许是彼此的心仪

你枝头最后一片叶

曾久久

久久地不舍离去

3

春天来了

各种花与叶次第萌芽与绽开

只有你

保持沉默

只有我知道

你的沉默里

孕育着什么

4

那些尽早开放的花

尽早凋零

那些急匆匆抽出的芽

禁不起一点点早来的寒风

只有你在阳光下沉默

又有谁听得到

你沉默中生命的呐喊和汹涌

5

当人们开始淡忘春天带来的喜悦

你悄悄开始生命的萌发

挣破紧紧包裹着叶的茧

用浅浅的，嫩嫩的，醉人的绿

凝成一片片神奇的小扇子

让生命的琼浆

在春天深处肆意挥洒

谁会在那一刻里仰望你

超越春天带来的惊喜

6

银杏

我用一颗柔软心

等待你枝头绽放的神话

秋日心语

风中

街灯下的树叶摆动着秋季

夜幕下的水面

吹来凉凉的风,仰望天际

我的灵魂出窍

在无边无际的夜里狂奔

不敢靠近,所有关于你的风景地

却无法回避,你曾经走过的林荫

秋天的叶,就要飘落

却害怕每一片叶上

都写满两个字

死别

夜空飘来丝丝的雨

我不知道行走在了哪里

太熟悉的路程，不需要我去动用思维

仿佛是在一个梦里

夜开始静谧

那流光溢彩的霓虹

闪烁浮华的美

一盏孤独的灯

陪我街头沉醉

有你的方向

浓荫的夏季,我荒芜的心长不出一点甜
站在阳光下,抬眼细数银杏叶间的青果
是光线刺痛了眼睛,还是青果刺痛了心灵
刹那间,我热泪盈眶

低首,不知道一个人竟可以
如此疼惜地爱着一棵树
那些生出褶皱的记忆
点点滴滴,如丝绸般展开

无边的草木,无边的绿
随风,漾在我无边的心海
我是一个迷途的孩子
在有你的方向,看到了家园

你微笑里带着伤,给我你全部的暖

让我停泊在

你绿意四合的掌心间

一树白梅盛开

我从冬天里来

带着雪一样的寒

冷冷清辉

冰一样的容颜

我开在零度的天空下

没有莺歌啼啭

没有鸟雀盘旋

我揣着满怀寂寞

开在白居易的小池旁

开在张谓的村路溪桥处

开在陆游的驿外断桥边

开在王安石的墙角下

我不喜欢张扬

只想让生命安静地燃烧

人们总是不肯舍弃

纷沓而来

颂诗一首一首

我躲不过赞美

也逃不过批判

正如我铮铮风骨寄托给柔情的花开

当一树白梅盛开

开在残雪胸怀

我渴望纯粹

渴望温暖

渴望欣赏的目光里流露出真实的情怀

能如我一样真实的

留一树白给了诗人
留一缕香给了春天

一个月亮在天上，一个名字在水中央

今夜没有风

今夜，我的心没有伤

只有一声轻婉的唱

一个月亮在天上

一个名字在水中央

这轮残缺了无数次的月儿呀

今夜，又弯弯地挂在天上

一个月亮在天上

尽管我对你的思念如月影般清瘦

尽管我把你的名字甩在江里面

这个我曾忘却了无数次的名字

今夜，又清晰地刻在了江上

一个名字在水中央

我知道

月儿会渐渐变圆

我知道

名字会渐渐丰满

一切，已无法阻拦

一个月亮在天上

一个名字在水中央

第四辑

——

一笑一尘缘

一点，就好

时针指向夜十点

我恍惚坐在晨光里

颠倒了时间

读书

可以让人遗忘许多

我在看一本书

书名叫《一点，就好》

此刻，一点，就好

一点，一沙一叶一花

一粒沙可以延伸无垠的空间

一片叶可以预知秋天的来临

一朵花可以装点无边的春色

一点，蕴藏了无限的气象

在这颠倒的时间里

一本书成为我全部的世界

燃烧的快乐

一根小小的火柴

擦亮

点燃一根蜡烛或一支烟

相隔久远

点燃农妇手中的麦秆

升起村庄的第一缕炊烟

一根火柴

点燃记忆

点燃我所有的诗篇

然后静静守望

燃烧的快乐

焰火在我的眼前

一点一点灿烂

梦想在焰火中央

一点一点清晰

又一点一点消散

沉默的山川和无言的歌

告诉我

那不是毁灭

从一首诗开始

从来没有像今天这样

坐在阳光下写诗

文字如一个个调皮的孩子

快乐地跳跃着

在方格上排好队

一个人的时候

留下我和我的思绪满屋子地飘飞

每个角落弥漫着笔端流泻的气息

时间是转动的

时间是静止的

憧憬与痛苦依然继续

明天

就让它从一首诗开始

黑白韵——一帧梅花十字绣

如皖南的建筑

于烟雾缥缈处盈盈

那不是方文山从墨色深处被隐去的《青花瓷》

也不是玉镯儿衣袂飘飘的《白狐》曲

你从诗词的韵脚处走来

你从夜色的暗香处走来

单调的黑,单调的白

一片雪花飘下来,逗你羞涩的瓣

谁的绣针里,穿引出你轻婉的叹

纤纤手,扬起的腕

将未绽放的美,押韵在黑白线

你的心情绣在梅花间

我会想起你

燕子，电话里我听到你轻柔的声音

依然是不紧不慢的语速

偶尔的笑

带我走回一个场景，一个画面

和一种生活的回忆

你和我曾经没有距离地亲近

聊文字、心情、随性的生活和你玻璃缸里的小金鱼

记得你说喂鱼一次不要超过四粒食

换水要在阳光下晒三日

那时的天，还有透过窗的一缕阳

和你精致的微笑

一种存入记忆里生活的味道

你给我说起偶玩的游戏，和你那个不曾谋面的新郎

你两人在一片虚拟里经营的天地，你浅浅而舒心地笑

你信赖的目光看着我

我用你看我的目光看着你

告诉你说，我在红袖添香里认识一位东篱采菊女

就像身边的你一样美

你和我都是凭直觉活着的人

城市隔开了我和你

燕子，安静的时候我会想起你

喂小金鱼的时候我会想起你

阳光透过窗的时候我会想起你

走进文字的时候我会想起你

浓浓的情淡淡的思

时间空间距离

电话里我又听到你轻柔的声音

荷塘秋色——赠八友

历经一夏的繁华
你静静生长,又悄悄凋零
在一片浅浅秋光里

还好,遇见你晚开的花
摇曳在铺天莲叶间
风荷的模样应似你此刻
若隐若现的逸

那石径边的竹林
撑一地清凉

我们来了,乘醉了的秋风
虽匆匆,却欢喜
在撮镇的荷塘秋色里

秋光啊!请慢些老去

渴望八友再相聚

同行秋色

赏塘下清荷

经典诵读感怀

——赠五十中学天鹅湖校区学子参加合肥市第六届"广玉兰"杯经典诵读活动

从时间的长河里打捞起经典

带领一群孩子们诵读

一遍又一遍

从诗经的"坎坎伐檀"到大唐的盛世繁华

李白铺墨的《春日行》徐徐展开

从柳永壮丽的《望海潮》到苏轼豪放的《念奴娇》

中国一梦萦千载

一遍又一遍

从淡淡的凉意到浓浓的深秋

从小小的礼堂到大大的舞台

这片我们深深眷爱的土地上

曾浸染了太多的悲愤与晦暗

你愤怒吧长啸吧

我小小的少年

你们小小胸膛里迸发出来的

是对祖国最真最纯的爱恋

一遍又一遍

从浓浓的深秋到冷冷的初冬

我小小的少年

我看到你为了经典

百转千回不舍不弃的情怀

多少个正午多少个黄昏

你们用"思无邪"的音符传诵着经典

你们用低回而铿锵的声音传诵着经典

你们用最美的年华演绎着经典

在初冬的早晨和绚丽的舞台灯光里

我小小的少年

将经典演绎成无可言语的

大美大爱

致敬时光

那缓缓流淌的时光

是秋的微凉

是夏日花草树木的香

我用一片雪花的轻

支撑起冬天的模样

那些一起读过的书,一起看过的风景

游走在岁月的长河

也留在忽明忽暗的记忆长廊

捧《朝花夕拾》温一壶琼浆

东篱采菊煎一杯清茗

《儒林外史》品百态人生

携汪曾祺《人间草木》

走进他水一样的乡音乡情

艾青用泪水打湿过的土地

滋养着《狼图腾》的意志

也孕育出《红岩》不朽的精魂

小王子只钟情于他的玫瑰

简·爱只忠诚于她的内心

那个追风筝的人

为你千千万万遍

只为救赎从前的自己

祥子的倔强终究拗不过残酷的现实

晓霞在平凡的世界里活出生命的本色

西游记里说神奇

水泊梁山书道义

红楼一梦诉离曲

这些,我们一起阅读的书籍
时光都记得

你徒步丈量大蜀山的勇气
你看过紫蓬山的林木与飞鸟
池塘里摇曳的小青鱼
你赏过柘皋镇的田野与炊烟
河滩边站立的一丛芦苇

这些,时光都记得

教室里
你诵过的诗读过的文
你辩论过的话讨论过的题
实验室里你的不舍不弃
绿茵场上你的挥汗如雨

这些,也许你会遗忘

但时光都记得

鲜衣怒马待你扬鞭天涯

美妙又无情的岁月

留给我静静守候

用我沧桑的容颜和霜染的发

借一缕星光晨辉

致敬时光

临行

听，小王子说

眼睛看不见的，要用心灵去寻找

我愿你永远拥有一颗纯真澄澈的心

即使被人叫作傻子

也愿意默默做一个英雄

与九四班学子书——毕业赠言

巍巍蜀山，天鹅湖畔，五十新校，一星璀璨。
庚子七月，毕业礼成，三年光阴，白驹过隙。
母校恩情，铭感于心，莘莘学子，志存高远。
沛雨甘霖，晨光熹微，祖国山河，五岳霞披。
握瑾怀瑜，如正阳兮，博闻强识，良驹千里。
道远知骥，世伪知贤，俊才多勤，日日图新。
雨泽大地，小禾青葱，桃李争妍，孤坡映雪。
月明苍穹，辰辉长河，梧桐一叶，清风知否？
泉水深流，鹤鸣山林，相逢是歌，别离成诗。
静女其姝，婷婷婉约，清茗一杯，对饮成趣。
碧玉妆成，心旷神怡，云中之龙，腾跃天宇。
书生意气，挥斥方遒，嘉言懿行，德馨如钰。
恺悌一诺，气贯长虹，尧舜之仁，华夏扬名。
睿智传芳，亭轩高阁，天地辽阔，策马驰骋。
美哉！我中国少年！壮哉！我祖国河山！

高瞻远瞩，卓尔不凡，励精图治，兴国安邦，

天行健兮，自强不息，此地一别，鹏程万里。

唯愿少年，心怀家国，兼济天下，持戒精进。

　　　　　　　　　　　　　写于2020届毕业典礼

　　　　　　　　　　　　　全班同学名字含其中

第五辑

深冬日亦长

那一季慢时光

1

昨天,在山上

我看见树枝被风揭去了衣裳

却看不见它一丝悲伤

光秃秃的枝丫向天空讲述一个生命的童话

2

一直,我怀着梦想

行走在路上

雪花纷纷扬扬

配合着我的思想

"寻梦?撑一支长篙"

冷冷冰凌

诗人的长篙派不上用场

3
一地苍凉的月光

挥洒思乡的华章
酒杯里斟满故乡

时空,被情感击伤
——退让

此刻邀来明月
共享一壶酒的幽香

4
让游子走进我的冬日吧

来赏一赏雪花

5
零乱,借一缕灯光打理诗行
灯光里闪烁一连串无关联的词话

深冬日亦长

继续流浪吧
找一处可以安置心灵的家

6
如果冬天说
春天在它的心中

你会相信吗

7

当薄脆的杯儿承载着烛光的称赞

当渴望的眼睛寻觅青色的帷幔

当圣洁的花儿接受春天的赞叹

我的生命站立在季节的边缘

眼睛在某个寂静的夜里

从冬眠中醒来

8

天依然黑

借一瓣寒梅的莹光

窥见冬日残妆

雪花一片一片融化

冰凌一块一块碎开

9

敲敲打打的雨点
像个欢快的孩子
摇一串银铃传响在天街

风随手扯来一件云裳
又撕成碎片丢在山崖

10

埋下的种子还蛰居在冬怀
迟迟不肯将呼吸畅快于地面

我伫立窗前
用醒来的眼睛张望着世界

那些被冬漂白了的记忆
慢慢随张望涂抹上了色彩

11
我在这里驻足
并非流连春日的来临

只是寻找那颗破土的种子
是否携带着对冬的敬意

让萌芽的新生和冰碎的结束
吟唱的声音一样美

12
从寒流里走来的花
将冬天浓缩在笑容里

即使是两片鹅黄

也摇曳着曾经拥有的感激

13

这个冬季没有雪

记忆布满扬尘

14

泥土带着它的清香飘来

将四季的梦撒满我的窗

远离喧嚣的夜

借一片月光把梦种在诗行

我的虔诚是它们的肥料

心灵是滋养它们的暖房

15

我曾经高扬着思想在信仰里奔跑

拄夸父的手杖追逐一轮太阳

年少轻狂

当岁月渐渐沉淀

沉淀成一声轻叹

我从冬季里出发又被遣回到出发的冬季

16

打捞起流逝的光阴

仿佛打捞起一篮江水

撩拨我的忧伤

17

那枚红苹果从遥远的记忆中走来

那棵生长在胸怀里的树瞬间花开

即使沉睡千年

泥土的爱依然新鲜

18

这个冬季没有雪

土地依然沉默

母亲

我又能给你些什么

19

我怀念起家乡的老槐树

我怀念起家乡的梨花白

我怀念起家乡的弯弯路

我怀念起家乡的拱桥砖

疲倦的夕阳

我常坐的小河边

牧歌一样遥远

20

时光拽着我

在四季奔跑

似乎没有终点

21

天空不留痕迹

大雁已飞过

它至少衔来一个哲理

交给人类去思索

我是一只折翅的飞鸟

在丛林更深处栖落

22

傻傻地把热情交于一片雪

我的爱却让它融为半滴水

眼睁睁看着它

伏在我的掌纹里绝望

我的泪冰凉

23

当花影摇碎一地月光

我浑浑醒来

分不清我来到了春天

还是春天把我留在了它的梦里边

24

寒风拧疼我的肩

贴着耳际嘲笑我

现实总比梦想残

无论我愿不愿意

我现在真真实实地行走在

岁末某个冬日的夜

25

冬日漫长

长到让一个老人在冬的半季走完一生

冬日短暂

短到只有一朵花蕾绽开的瞬间

26

关上窗

嘀嗒的时间像蚂蚁叮痛内心

我找不到任何让自己心安理得的慰藉

27

周末的街市

人行道上熙熙攘攘的人群

他们在拥挤什么

那份繁华

抵不过案头那株沉默的水仙

带给我的安然

28

还有谁能凭借浪漫

抵达手可摘星辰的高远

29

天空没有飞鸟

我只能依靠想象飞翔

窗外没有阳光

我只能借助呵出的白气

温暖麻木的十指

30

那位在冬日里逝去的隔壁老人

不知有没有留下遗憾

生命

终究没有抵抗过严寒

31

在自然面前

人类的想象纷纷败退

昨夜渐渐起雾

它用漫漫白纱

模糊了所有出行人的眼

32

凄厉的北风吹过城市

灰色墙壁上长不出温暖的故事

那些靠苦力营生的乡下人

今夜将落脚何处

33

我亮着的灯

今夜又于何时熄

34

星星慢慢睁开眼睛

我用诗心拈一句问候

愿你的梦乡今夜和我一样无忧

35

天空所有的希求

且交于我一一保留

风也静

浪也平

只留满天星斗的清辉映着寒冬

36

当我用一寸光阴的手

推开春的门扉

愿片片寸金的阳光

流泻彼此心头

第六辑
——
借一寸光阴

活在自己的心里

季节催着候鸟迁徙

仰望天宇

它再也无法对我神气

风说活在自己的心里

而不是别人的眼里

拈来此句当作慰藉

行走在尘世

我若是风

我若是风

一阵来去自由的风

春天到来的时候

吹拂那被禁锢一冬的树

唤醒沉寂荒凉的枝头

在某一个早晨或黄昏

抽出星星点点鹅黄色的祝福

让每一双眼睛

都重获新生

我若是风

抚过天空

牵一朵云陪我散步

越过山头

裁几片薄薄的雾

做一件美丽的衣裳

再去问候我熟悉或陌生的河流

我若是风

用温暖的掌心抚摸大地

让小草在我怀里无忧地睁开眼睛

和花蕾一道嗅着阳光

再帮天空拂去尘埃

让城市里的孩子

可以像站在乡村的田野上一样

仰望满天繁星

我若是风

一阵来去自由的风

不狂妄，也不怒吼

像母亲夏日里坐在田头的树荫下

迎面吹来的那阵凉爽的风一样

像爱人傍晚散步在湖边

水面吹来的那阵惬意的风一样

像孩子起跑时

转动手里的纸风车的风一样

我微笑着

从他们身旁经过

他们不知此时的我

洋溢着无可言说的快乐

遇见

1

午夜的钟声响起

我看见雪花是怎样的潇洒

2

一棵静静生长的树

旷野上

敞开一颗心向着洁净的天空

3

我叫不出你的名字

这立在天地间一朵如白莲的花

小到让人心颤

我侧耳

分明听到花开的天籁

4

一只孤独的鹰飞过苍穹

一群快乐的鱼游过池塘

坐在寂静时光里

一个人

品尝丰富的荒凉

5

无情的岁月

斩断曾经的美好和眷恋

无语的时间

蜕去疼痛在心上结成的茧

就像一场刻骨铭心的爱恋

也会随时光走远

6

今晚

花儿躲在叶的怀里

树儿躲在夜的怀里

与星星聊天

喜欢

这个时间写秋

不合时宜

我周围是肃杀的严冬

有什么关系呢

我喜欢

我爱那西风凋碧树的苍凉

我爱那枯草弥天际的气息

我爱那满园瓜果香的笑脸

黄昏时

一片叶飘落我身边的情意

一片叶

是我的一片思恋

一棵树

是我的一种情怀

秋的一点一点

浸染在我挥之不去的心田

冬天来了，别怪我

不去畅想春天

如果我离去

如果我离去
便化作种子
在三月的第一朵花蕊上
以植物的名义
吐露芬芳

或化作雨水
将人间的污浊悄悄涤荡
以泥土的名义
呵护生长

或化作一束光芒
让迷途的小鹿
找到黄昏时回家的方向
以爱的名义
温暖善良

谁不曾渴望洁净的天地

哪怕生命是

一缕清风

一声真实的叹

陪一弯瘦月亮

曾经有大把的时光可以闲暇

流连在树林

奔跑在原野

牵着风筝

蝴蝶的彩衣,藏着无法言说的秘密

一个走远的年代

再也触摸不到的气息

时针仿佛长出了翅膀

驮着我的惆怅

陪一弯瘦月亮

飞万水千山

除夕夜

除夕夜

独自走在时光交替的边缘

仿佛徘徊在时空的门前

我是那么期待又那么胆怯

那个撞钟声

让又一个新年铺天盖地卷来

人群聚集欢呼着期待

我孤独地站在原地

看他们挥动的双臂

在烟花中

过滤往事的尘烟

向逝去的365天

致最后的回眸

过去的日子啊再也寻不见

在欢呼的人群里
在新年到来的最后一刻里
听耳边铺天盖地而来的春天的声音

这一天

我把这一天折叠

折叠成一条线

一头连过去,一头牵未来

我行走在这条线的中间

我把这一天折叠

折叠成一个圆

圆内是快乐,圆外是悲伤

我行走在这个圆的边缘

我把这一天折叠

折叠成一首词

上阕是风景,下阕是心情

我行走在这首词的转合处

我把这一天折叠

折叠成两重天

一重是寒冷，一重是温暖

我行走在两重天的相接处

一天恍如一生

一半活在迷茫，一半活在清醒

一半用来忘却，一半用来憧憬

一切的美丽在土地下生长

隆冬

一切的污浊在雪原上死亡

一切的美丽在土地下生长

我听到植物的根在土壤里欢快地歌唱

让行人去倾听冰雪消融的流水吧

我倾听脚下的土地

院墙上的那棵枯藤抖落残衣

在泥土的滋养里泛绿

一点一点

一片一片

也许再沉默一个夜的黑

回首身后

已苍翠欲滴

第七辑

语默动静体自然

行走在秋季

1

行走在秋季。

秋天又来时,秋的脉动,依然紧紧贴在我的胸襟。

随落花,随衰草,随所有飘零,融进泥土。

也许,会在一个艳阳天,随稻谷,随豆荚,躺在打谷场。在农夫手臂的起落间,体会生命走到尽头后,那份无法言喻的雀跃、沉默、悲伤与欢喜。

2

今夜,有月。这淡淡的月,开启了多少人的思,在夜空下飘?

此刻,在片片颤动的红叶下,月光苍凉,拂照我斑驳的心。

已是秋季,秋啊!为何你又要悄悄撩开我的忧伤?

借一片羽翼的轻,捎走我沉重的叹息。

今夜,却不知你的心,浸在酒里,还是泪水里。

3

我来紫蓬山中散步。

漫山的叶，绿的、红的、黄的，新生的、干枯的，没有层次、没有秩序地铺进眼底。

一场雨，把我从浅秋，一下拉到秋的深深处，山风，好凉。

我紧紧牵着爱人的手，握住一份人生最可信赖的暖。

忽然，三五人驻足，许多人驻足。在远处的山头，无数只鸟儿，编排成舞者，在太阳下闪着耀眼的银白色的光辉，飞舞！飞舞！那场景，壮美到无可言语。

这森林的精灵，在密密丛林处，在静静深山处，尽享，属于自己的自由飞翔的生命。

4

行走在自然里，让心灵倾听大地。

远望，目光所及处，是天际与山峦的亲密。

我在哪里？我是谁？我是那满天的云，或者，是那一线长长的山脊？或者，那满天的云，那一线长长的山脊，就是我的化身？

此刻，我站立在天之下、地之上的一片高高的树林里。我站立在一棵五百年寿命的银杏树下,它苍老挺拔,在我景仰的目光里,用沉默,安抚我的惊异。

如果能够,就让我化作它身旁的那株香樟木吧,日日夜夜,做无言的伴侣。

5

行走在秋季,凡尘里的累,无法抹去。

直到,走进这苍苍茫茫的山林,看到这清澈的溪水。

"好鸟相鸣,嘤嘤成韵……横柯上蔽,在昼犹昏。"文字以里的与文字以外的,梦想的与现实的,在这一刻,全部在我的心头重聚。

从来没有像今天这样,如此强烈地感受到,大自然的神奇。她是一位高明的药师,将我从俗世间带来的顽疾,轻轻拂去。

一路走,一路忆,一路忘记。

下山的时候,我忘却了,来时紧锁的眉。

听月

1

七月的燥热,被一场雨洗尽。雨停,安静。

雨中的疼痛,化为养分,雨后的一簇新绿,像我的心。

此刻,没有阳光,我打开像阳光一样透明的躯体。

2

阳台的那株吊兰,已陪我走过六年的光阴。跟随我辗转,搬家至此。它绿而死,死而复绿。在生与死的交替中,在那片流泻的生命中,哪里还能寻到我最初抱回家时的那丛绿色!

每一簇新叶的摇曳而出,都会有一片或几片曾经绿着的叶死去。

它一年四季绿着,又一年四季悄悄蜕变着。

根,就是吊兰的心。吊兰的心,活在泥土里。

3

起起落落的海潮,卷来落落起起的人生。

能存在记忆里的,不是喜悦,却是泪水。

在这个世界上，可以分享快乐的人很多；可以分担痛苦的人，只有一个。

失意时的刻骨铭心，能咀嚼到的，只有自己和自己的心。

成功时的喜悦，如浮云，不留痕。

4

雨天，阴天，艳阳天，全凭自己看世界的心。吊兰拥根而活，人活在自己的心里。

那些纯真的怀念，我依然会怀念。那些沧桑的岁月，我依然会回忆。

那些挥之不去的，纠在心底的苦涩与甜蜜，我依然任凭它闪烁。

在晨昏或寂冷的夜，将心情沏成一杯茶。品尝，那些属于心灵的流质。

5

行走在光阴里，光阴的手抚摸着我的发丝。

很久没去湖边了，七月的河水承载些什么？此刻，我的想象全部枯萎。

真想放开喉咙啊，震荡山林的一声长吼。吼声回环，如乐师抚过琴弦，余音久久绕耳。

愤怒、喜悦、哀婉、悲痛。哪一种情绪的渲染，都不会影响倾听。

然后，让心灵变得安静。

6

听月，忽然像一位诗人一样，我的情感苏醒。

听月，守着雨后的夜空，安静。

洁净的月华，辉映着，我如同阳光一样的透明的心灵。

一尾鱼

1

风,不紧不慢地吹。一尾鱼,不小心跃出了水域。

弹跳,已毫无意义。风有些轻,只能扬起沙尘,却带不动我的身体。

挣扎。终于累了,倦了,困了,就让我在海风里,暂且失忆地睡去。

2

朦胧之中,是谁踩痛了我,拎出一颗还未停止跳动的心。

四处飞,在曾经的岁月的光辉里,耳边听到隐约的邈远的歌吹。

那是母亲的声音吧,才会如此婉约动人。

像微风拂过水面的波纹,像一粒水珠滚落荷叶,滴入清水。

虽然轻,却重重击疼心扉。

母亲,我只能听到您的歌声啊,却看不到您在哪里。

3

风携着我，飞过海域，飞过森林，飞过平原，飞过荒漠，抵达一片洁净的天地。

然后，把我的心，丢在一处柔软地。

4

在那里，我看到新春的嫩芽，一尘不染地绽放；

我看到七彩的蝶，翩然在流溢淡香的花丛里；

我看到寂寞而快乐的星星，冲我无邪天真地笑。

飘来一只流萤，飞飞停停，怜惜地望着我。问：你的心怎会丢在这里？我却发不出声音。

流萤留下一滴泪，离去。那滴泪，在我的周围晕开，晕开成无数圈的星辉。

然后，把我的心托起，不知送归何地……

5

我没有了记忆。不知过了多久。

海潮涌来，把我卷入水底，在一片凉凉的，温暖的水里，我睁开眼睛，醒来。

我是一尾鱼啊，只有在这一片凉凉的，温暖的水里，才能够呼吸，摆动，游弋。

我是一尾鱼啊，只有在这一片凉凉的，温暖的水里，才能够见证生命的神奇。

6

那岸上的风、沙和致命的骄阳，留给我的伤，被海水轻轻洗去。

我抚摸隐痛的胸口，心，已回归到胸膛里。

安静的水，唤醒我的记忆。我孤单地游着，开始想念，一只流萤，那一只在我快死的时候，呼唤过我的流萤。

你的身影，你的话，你的泪，还有你那颗善良的心灵。

我在水里啊，流萤，你在我的夜空中闪光地飞……

我在水里啊，流萤，我哭了，泪流进了海里……

三月

1

浅浅的三月,飘着无声的雨。

雨落得如此地静,仿佛怕惊扰一个人的梦。

撑伞走在石板路,只能听到自己清响的脚步声。

2

树木静立着,苍翠的新绿,闪烁扎眼的晶亮。

雨凝成水珠,汇集在叶的边缘,然后,做一个优雅的弹跳,滴落下来……

3

那一颗小水珠,不偏不倚,滴落在我的心底。

凉凉的,融化成一缕淡淡的欢喜。

我喜欢这样的一个人的世界,回归一个最真实的自己。

一如这雨中静默的风景,洗尽纤尘,无扰无争无猜无忌。

就像一篇随性而成的散文,我来时,可静心欣赏。

我离去，可带着文字流溢的芳醇。

4

从生命中走过的人，未必可以长情。

打开文字，打开孩童一样的透明，在与你的交流中重生。

涟涟湖面，绽开我点点思绪。

5

春天正在行走，用枝叶，摇曳着它无可非议的表情。

它的深深处，是夏季汗涔涔的手，蒙上我爱哭的眼睛。

不知道，忧伤会陪我多久，是否一如延伸下去的秋冬。

穿过落叶的无声，走到另一个寒冬的渡口。

关上窗，就可以阻挡风霜，对吗？

6

那一树，还没有来得及观赏的玉兰花。

在我的眼前一瓣一瓣飘零，片片望着我，无声。

飘雨的三月，也会有秋天的景色。

就像我的欢喜里，也会划过无可言说的哀愁。

我用含泪的眼睛看着你

1

不知为何,会害怕起阴雨天。我的心,会随天一起沉下来。曾对自己说:"不再因环境而叹。"守着内心的一份安然。走在街旁,冷冷的风吹来,沁入心脾的寒。我无法再对自己说:"我喜欢。"密密的雨,迷蒙了眼。

无边的冷,又一次袭来。

2

问天,为什么会有这样的心怀?

越想摆脱的时候,越是对我狠狠地纠缠。

撑着伞,银杏枝头上一粒雨沉重地砸在我的伞,然后,我听见雨滴在我头顶上瞬间碎裂的声音,隔伞,全部砸进心底。

远处隐约的山峦,我用含泪的眼睛看着你……

3

又想起阳台上那一片温暖的光,至少可以带给我走下去的勇气。

小池边那一棵残妆的树,已托出如莲的花蕾。细雨迷蒙中,我从它的身旁经过,仰望,竟没有了欣喜。

那满树的花蕾,是我此时的心。

4

室内的案头,盛开着我捧回的水仙,幽幽的香,时隐时现。

春天,仍然会有彻骨的寒。再过几天,它枝头的花蕊就会全部凋残,死去的生命,不会重来。

凡尘间,悲悲喜喜随四季轮回,每一个生命拥抱美好,每一个生命皆有无可言说的不忍。也许是慈悲吧,万物与我同体。

一寸暖

1

一连十几天了,天一直阴,老天没有落下的雨,仿佛积聚到我的心底。

只要轻轻一点风吹,就能引出无数滴泪。

2

接近中午,太阳终于懒洋洋地露出半边脸,望窗外时,一刹那间的惊喜:"太阳出来了!"我奔向阳台,想更近距离地接近那一片温暖。

那一片光,抚在我的脸上、发上、身上。我闭上眼,对自己说:"我的世界很温暖。"却不敢睁开眼,怕泪不听话地流下来。

3

只是一个转身,看到西边的小池边,一棵孤零零挺立的树,没有一丝鹅黄,没有一点浅绿,没有任何色彩可以用来装扮这个世界。

阳光投影下它的身姿,像一名在残冬里孤军奋战的勇士,像一位哭干眼泪后的女子,像一个人斑驳沧桑的心。阳光在抚着你呀,你的温暖去了哪里?

冬天要走多远,才能有温暖。

4

生命是一棵独立行走的树,不管根在哪里,都要向人间播撒爱的浓荫。

让每一枚叶片上都镶嵌上微笑吧,不管爱你的人懂与不懂,给予他温暖吧,就像自己渴望的同一种温存。

5

寒冷的冬天过去,我的天空是如此冰冷。

我用没有冷热感的眼睛,瞧见自己会疼痛的心。

城市的树林边不会长出麦田,我宁愿相信,那一片苍苍翠翠的绿,是我丢失的麦田。

我必须学会像母亲一样,做一个守望者,做一个耕耘者。春天来了，让它成长，夏季到了，让它抽穗。

六月天，田野上闪烁我金灿灿的麦花，空气中荡漾我蜜甜甜的麦香。

6

让我把眼前的一束阳光，攥在手掌。趁着未凉，我的心啊，请宽容地接受这一抹温暖的流淌。

让我发丝上的每一寸阳光的暖，也生出翅膀，然后潜入我的皮肤，潜入我的心房。

让我身上所能触及的每一寸阳光的暖，都长出翅膀……

愿君与春同住

1

还有一天，就要立春了。

鸟儿从天际飞过，没有留下痕迹；白云从天边飘过，没有留下记忆；夏日的繁花千万朵，它在秋天里飘落，我却没有收藏起。

比起来，一片落叶，要渺小得多。翻开我的书页，里面静静躺着许多枚银杏树的叶，依然泛着灿灿金黄色的光。

2

还有一天，又一个四季彻彻底底地走尽。

树木在自己的年轮里悄无声息地画上一个圈，留下岁月的痕迹；那个在春天里降生的婴孩，摇摇晃晃地迈开生命的步履；房角的一株滴水观音，用新绿换尽了所有的枯萎。

比起来，用一颗可以承装下这无数景致的心，去承载一个人，要轻盈得多。孤独的时候，却明白想念故乡的珍贵，会超越春天所有花开的美，和秋天枝头所有收获的惊喜。

3

还有一天，生命就开始又一个四季的轮回。

悲悲喜喜的心，随时光一起流浪在红尘里。像月光一样清，像莲花一样美，像一池澄碧的水，像两滴晶莹的泪。现了，隐了，都如第一次想念时一样真。

用呵护善良的心，去呵护一种相遇。冬春剪影处，岁月回眸时，留给一个不愿停止追求的人，幸福与感激无数。

4

我不再祈祷把冬留住，时光交给我的一切，我已珍藏于心间。用慈悲的心，去迎接春光满人间的明媚。去爱每一座山岳、每一道河流、每一片田野，因春天到来而绽放的美！

当空气中弥散出春天的第一缕香，当眼睛开始张望银杏叶的芽，当那只鸟儿蹦蹦跳跳在冬天的湖畔，再一次神奇地出现在我的眼帘，当泥土下的第一枚种子在阳光下开始畅快地呼吸……

愿君嗅得芳华，与春同住。

自在

1

二月的风,轻轻地来,吹在脸上,依然是凉凉的冬天一样的寒。今天,四号,立春。

春天,就这样在阴沉沉、雾霭霭的天气中到来。

2

习惯一个人独自去看风景。而此刻的天,会带给我什么?出门,就在我的目光所及处,是片片如烟的雾。只一眼,就浸入我无设防的心间。

为何要悲伤呢?我是来寻找春天。

3

那一树浅浅的淡绿色的芽,那一串小小的紫红色的苞,已镶满枝丫。枯裂昏暗了一冬的树,此刻的衣衫上终于点染上颜色。

阴霾的天,怎能遮挡住这涌动着的蓬勃向上的呐喊!

4

雾，不因人的心绪而散。花，不因天的寒冷不开。该来的，都会如约到来。

四季里的人生，也如这四季里的风景一样吗？望天，云聚云散。

"本来无一物，何处惹尘埃。"心无挂碍，一切自在。

散文卷

第一辑

用生命之火取暖

听从内心

> 我和谁都不争
> 和谁争我都不屑
> 我爱大自然
> 其次就是艺术
> 我双手烤着生命之火取暖
> 火熄了
> 我也准备走了

兰德的这首《生与死》，我不能用喜欢来形容，而是一直把它视为自己安身立命的准则。

做事，不要违背自己的初衷，做自己喜欢的事才是幸福。相处，凭彼此的意气相投，随缘随心。

恶者，我远之，避之；善者，我友之，近之；仁者，我敬之，仰之。

喜欢"水"的随圆就方，柔中带刚，润万物而不争；喜欢"茶"的清幽，淡淡茶香里飘逸出无可言语的禅思；喜欢路边的香樟，随四季默默生长，无忧亦无惧；喜欢我的小金鱼摇曳在水中；喜欢阳台上的兰花青翠欲滴；喜欢中国文化的精髓——和谐，"礼之用，和为贵，先王之道斯为美"。欣赏季羡林先生对"和谐"三个层面的解读：人与人和谐、人与自然和谐、人内心和谐。前两种和谐很容易做到，难的是"人内心和谐"。让自己的内心世界和谐，才是真正走近和谐。

难和易总是相对而言，个人追求与取舍不一样，对"内心世界和谐"的认知也不一样。

午后的阳光透过玻璃窗，洒在办公桌上，也洒在我的身上。翻开学生的作文，与文字接触，和孩子们通过文字交流，此刻有一种欢愉，那是一种来自心灵的愉悦，我喜欢这个时间里的自己，引领我抵达内心世界的和谐。

站在三尺讲台，翻开书本，带领孩子学习汉字，那一篇篇优美的文章，浸润着孩子们和我的心灵，相契相悦。此刻有一种欢愉，那是一种来自心灵的愉悦，我喜欢这个时间里的自己，引领我抵达内心世界的和谐。

带领孩子们迎着朝阳晨练，看他们在阳光下奔跑跳跃的身影，那挂在额头的汗水和涨得通红的小脸。此刻有一种欢愉，那是一种来自心灵的愉悦，我喜欢这个时间里的自己，引领我抵达内心世界的和谐。

课余时间在办公室或者教室的走廊，三五个孩子围着我，问东问西，或者是滔滔不绝地讲着班里的事，有时也会为我出谋划策。无邪的眼神，纯真的话语，临别时挥手的那一声道别。此刻有一种欢愉，那是一种来自心灵的愉悦，我喜欢这个时间里的自己，引领我抵达内心世界的和谐。

多少个白天,多少个夜晚,我一个人的时候,坐下来,享受片刻的安宁,思考一下今天已做过的事和明天该做的事,那一刻的宁静,让我有一种欢愉,那是一种来自心灵的愉悦,我喜欢这个时间里的自己,引领我抵达内心世界的和谐。

虽不能物我两忘,却可以抵达真实的自己。

纪伯伦说"我们已经走得太远,以至于忘记了自己为什么而出发",我却从不敢忘记。我清楚地知道,我是谁,我的乐趣在哪里。不管行走多远,从不忘初衷——初衷是要做一名师者,曾经是,今亦是。

张载在《西铭》中说:"民,吾同胞;物,吾与也。"民,都是我的同胞兄弟;物,也包括植物,都是我的伙伴。我虽不能把民都视为我的同胞兄弟,但不管处在何种境地,把物都视为我的伙伴,必信自己可以做得到。亦坚信,一个人和另一个人或许做不了友人,但一个人和一棵树可以成为知己。

陶潜诗云:"纵浪大化中,不喜亦不惧。应尽便须尽,无复独多虑!"顺应自然,不必刻意追求生命以外的东西,听从内心,处之泰然。

高贵，在汗水中闪光

春天里的点点嫩绿，转眼间已"佳木秀而繁阴"，盛夏来临。

教室里尤其显得闷热。下午课后大扫除，我强调教室里的犄角旮旯、课桌下的地面，都要打扫干净。任务布置好后，同学们各负其责，开始忙碌起来。

从卫生区到教室，我一路督促检查。走廊里，有学生在擦窗台和玻璃。走到教室门前，眼前的情景让我心头一震：一位男生挪开桌椅，然后蹲下去，手里拿一把小铲子，卖力地铲除地上的污垢；另一位男生两手紧握拖把，双臂用力来回拖动，不时将右脚踩在拖把上，使劲地踩拖。他们俩动作协调利落，神情专注，配合默契。一张、两张，一处、两处，课桌一张一张地后移，污垢一处一处地清理。教室北面墙根处，还有一位男生也在专注、卖力地做着同样的动作，另有两位学生在用抹布擦洗墙壁。我清楚地看到汗水顺着他们通红的脸颊，滴落下来，滴在小铲子上，滴在拖把上，滴在黑色的污垢上。他们过处，是一尘不染、闪着洁净亮光的世界！

我走过去，用手拍拍他们的肩膀，他们冲我笑，是那样天真！汗水顺着脸、顺着脖子流淌着，汗水，浸湿了他们的衣背！其中两位学生戴着眼镜，不得不摘下来，抬起右臂，擦擦两鬓的汗，再戴上，又继续干起来。刚才我还在担心他们会不会干，能不能干好，要不要我教，现在瞧那姿势，那配合，真是低估了他们的能力！

劳动结束了，整个教室焕然一新。那擦玻璃挥动的手臂，那擦墙壁弯曲的身体，卫生区那些捡纸、扫地的身影，那个卖力的拖地动作和额头上流淌的晶莹汗水，定格在我的脑际。

两天后，学习范仲淹的《岳阳楼记》，当学生朗诵到其中的名句"先天下之忧而忧，后天下之乐而乐"时，我的眼前又闪现那天值日同学劳动的场景，我知道，教育的时机到来了。

当品赏到这一句时，学生纷纷发表自己的看法，根据学生的回答，我总结说："穷则独善其身，达则兼济天下。其实不管身处何种境地，文人的最高境界都是忧国忧民，胸怀天下，忘却小我，放眼苍生。有了这种胸怀气度，才有了杜甫'安得广厦千万间'的急切期盼，才有了张养浩'兴，百姓苦；亡，百姓苦'的为民呐喊，才有了鲁迅东奔西走'我以我血荐轩辕'的振臂高呼。这种精神和胸怀，是不是随时光一道离我们而去了呢？'先天下之忧而忧，后天下之乐而乐'在今天有什么现实意义，表现了一种什么精神呢？"学生的回答异彩纷呈，我顺势抓住时机："昔人已去，风骨永存，这十四个字所体现的'吃苦在前，享受在后'的时代精神，存在于我们每一个人身边。就在前天的大扫除中，我班就出现为班级、为他人吃苦受累在前的同学！"我点到那几位同学的名字，把我看到的情景向同学们描述了一番，更难得的是，这几位同学中的一位是把自己教室外的任务完成后，又过来帮助打扫教室的！班里响起了热烈的掌声，同学们投去称赞的目光。

几人脸上露出腼腆又天真的微笑！他们优秀的行为在同学们的

掌声和目光里得到了最高的认可与奖励。

我很喜欢"高贵"这个词,它不仅指端庄优雅的仪态,更是从里而外折射出的人性中最真实、最动人的一种人格品质!

在他们闪光的汗水中,我看到了高贵所在!

生活往往就是这样,我们在教育着孩子,孩子们的简单和纯真,也在教育和感动着充满智慧和世俗的我们。

那一个天真烂漫的笑容

记住这个孩子，缘于开学第一天报到时，抬眼看到他露出的那个天真烂漫的笑容。这个乐观开朗的孩子却有着比同龄人坎坷的成长之路。

他叫田田。1月19日晚上七点，我们一行五人前去家访。夜幕中，田田的爸爸妈妈已等候在小区门口，热情真的可以抵御寒风。

开门的是田田，他脸上依然是灿烂的笑容，喊着"校长！""书记！""范老师，您是第一次来我家吗？""对呀！"我从包里掏出赠送他的书《每天进步一点点》，把赠言读给他听，他接过书爱不释手，坐在沙发上看起来。

田田患有抽动症，全身会不自主地抖动，不能参加任何体育活动，连孩子们看似最简单的跳跃、奔跑他都无法做到。爸爸工作在外地，田田的生活和学习由妈妈全职照料。爸爸为了迎接我们的家访，特意请假推迟了回程。

爸爸是一位开朗健谈的人。从爸爸口中我们了解到，田田从小至今，一直在吃药、打针。当别的孩子抱着可乐和各种饮料喝的时候，他只能喝着苦口的中药；当别的孩子在课堂听课的时候，他只能躺在医院的病床上，承受扎针的疼痛；当别的孩子在操场上奔跑跳跃的时候，他只能一个人待在教室里，眺望阳光下摇曳的树叶。

现在田田每周一、三、五上午都要去接受治疗，然后再回到学校上课。有时课没有上完，妈妈来接他，同学帮他拎着书包，送他离开教室。同学们知道，他又要去扎针了。他没有和同学谈起过他扎针的疼痛，每次他留给同学们的，是瘦弱的身影和他招牌式的灿烂笑容。

期中考试后学校开表彰大会，班里要推选一位感动之星，同学们异口同声地喊出了田田的名字。同学们推选他的理由是，他带病坚持上课，他积极向上，他乐观开朗，他善良坚强。

是什么让他小小的躯体里聚满力量？是什么让他在病痛前坚强面对？是什么让他用乐观感染着身边每一个人？

在一次感悟亲情的班会课上，有一个环节是"倾听亲情"。我提前邀请家长给孩子写一封信，下面是田田妈妈的信，现摘录部分内容：

> 亲爱的孩子，这是自你出生以来，妈妈第一次给你写信。当年你的出生带给爸爸妈妈以及全家巨大的喜悦，尤其是爸爸，你出生后，他接打电话持续数小时，兴奋之情，溢于言表。就是现在，他对你的爱也是有增无减，无论他在外多忙，总是抽空询问你的情况，无论他在别人面前多严肃，他一直温柔地对待你……你的身体一直不太好，经常吃药、打针，学习也很吃力，成绩不理想，但你的心态一直很好，没有自暴自弃，没有自卑，而是趁治病之余抽时间学习，就是六年级时去外省治病半年，你也带着各科课本。升入中学后，学习更紧

张，对你来说压力更大。曾有亲戚叫你不要读书了，你听了坚决反对，说："我要上学，我要和老师、同学们在一起！"妈妈本来也特别担心你上初中的事，有时甚至因为担心夜里忽然惊醒……等到你真的上了初中，第一次开家长会，听了范老师的教育理念"孩子人格健全是第一位的，健全的人格比好成绩更重要"，妈妈松了一口气。后来我看到班级同学对你的友善和帮助，老师对你的爱护，妈妈感到欣慰和温暖，妈妈要恭喜你，你走进了一个温暖的集体……同时，妈妈也善意地提醒你：儿子，世界上没有任何一种爱与帮助是理所当然的，你心存感激的同时，要自立自强，尽量不给别人添麻烦，在别人遇到困难时，你应该热情相助。

　　亲爱的田田，妈妈佩服你的另一方面是你比别的孩子承受了更多的苦痛。每天早晚两碗中药，妈妈闻着都觉得苦，你却能微笑着喝下。经常去医院针灸，当银针刺入你的身体时，虽然每次你都很紧张，也疼得掉眼泪，但你仍然能配合医生，坚持到最后。儿子，你真的很棒！人生会有各种不幸，既然我们遇到其中之一，那就让我们一起不抛弃，不放弃，一小步一小步地往前走……希望你能做好自己，心怀家人，回报社会……

　　整个家访中，是爸爸在给我们讲述，那位日夜辛苦陪护儿子的母亲，此刻只是热情地倒水，端上糕点让我们品尝。我们从爸爸的讲述和妈妈的信里，得到了前面问题的答案：是爸爸妈妈无言而厚重的爱，让田田虽承受病魔带来的疼痛，却幸福快乐地生活着！

田田捧着书安静地在旁边坐着，一直很开心，他用孩子天真的目光不时看看校长。校长笑着问他："有什么开心的事想给我们说说？"田田露出害羞的神情，说："小学时一次朗诵比赛我获奖了……"我们竖起大拇指夸奖他，他开心地笑，满屋子的温馨和快乐。

一次家访，也许改变不了他目前的状况，但那一晚我们给孩子带去的快乐，送去的关怀，他定会永远记得。后来田田妈妈对我说，我送他的那本书，他每晚都要看，妈妈让他一次看一篇，他说一次要看两篇。想他在明亮的灯光下阅读时，一定忘记了喝药的苦和扎针的痛吧！

优秀的成绩，能赢得别人的赞许，可贵的品质、坚强的意志，能感动所有人的心！祝福田田，不管未来的路如何，都能微笑面对，一如我初次见到他时露出那一个天真烂漫的笑容！

尘世里的那片桃花源

从1月19日至23日,我家访了7个孩子。

第七个孩子叫沐沐。1月23日周五晚上,离开沐沐家时已近八点半,在她家我们聊了近两小时。回来后,我的思绪再也无法平静,这孩子留给我太多的思考。

在学校里的沐沐,作业总是完不成,尤其是数学,完不成作业的名单上几乎每天都会有她的名字;地理知识背不下来,有一次负责检查背书的组长被她"折磨"到情绪失控,声泪俱下地向我控诉,而站在对面的沐沐眨巴着眼,依然用她无辜的眼神看着小组长;体育课跑步,她总是落在后面;做事拖沓,学习效率低,整体成绩不理想。为数不多的亮点之一是在我的语文课上,沐沐积极发言,并且能够提出独到的见解,她对课文的理解和认知水平,超出同龄的孩子。

为什么她会是这样的学习状态呢?这次家访,我找到了答案。

沐沐的爸爸是一位新闻工作者,妈妈是老师。毫不夸张地说,走进她家,就仿佛进入了图书馆。客厅沙发后一面墙,做成了书橱,整齐地排列着各种图书;爸爸的书房,更是汗牛充栋;沐沐的房间,除了一张床和一套桌椅外,能看到的就是图书了!爸爸带我和同行的邵老师走进女儿的房间,一边介绍,一边从书架上抽出一本梁衡的作品集拿给我看，说女儿喜欢看梁衡的作品，不仅是文学方面的，梁衡还有一本关于数学的书，把复杂的数学知识讲解得浅显易懂。沐沐从小就是在书堆里长大的，爸爸对书籍超乎寻常的爱好，对沐沐的影响可能是潜移默化的。沐沐在作文《我咋这么爱看书呢》中写道：

> 与书结缘，只是因为小时候父亲极喜藏书，几十册几十册地往家搬。我长期耳濡目染，很早就捧着原文版的四大名著读，爱不释手，于是无论到哪里，我手里总捧着书。对书最初的喜爱，随着时间的流转也渐渐积累成习惯，成了天然的热爱。我坚信，我与书籍有着天生的缘分，于是从老爸的书房里索要来愈来愈多的书籍，我开始整日不出房门，废寝忘食地沉浸在阅读的喜悦中……

这是我见过的藏书最多的家庭。从沐沐房间到爸爸的书房，再到客厅，凡是能放置的地方，全是书籍！爸爸说房屋的装修全是自己设计的，最大限度地设计了藏书功能。我问爸爸："你家大概有多少书籍？"爸爸说："一万多册！"这浩如烟海的藏书都是爸爸精挑细选出来的。

女儿学习数学吃力，每天的数学作业花费她大量的时间和精力，主要问题是计算速度慢，耗时长。同行的邵老师和爸爸做了进一步的交流，爸爸说："有些数学题，是我在帮她完成。"爸爸客观地分析说，学习需要天分，孩子在数学上的天分比较弱。小时候给她读数字,她毫无反应;给她读《春江花月夜》,她倒是手舞足蹈。从小到今,孩子在文字方面显露出较高的天分。

在这样的家庭环境里成长,沐沐对文字有特别的感知力,也就不足为奇了。下面摘自沐沐的写作片段:

远处,操场边缘的灌木丛里传来一阵压抑而绵长的鸣叫,似是虫声,此起彼伏。我在想象中描绘着这位隐藏的"音乐家"一本正经拖长嗓音的倨傲样子,这鸣声的制造者也许是那在阴影里歌唱生命的"音乐家"——蝉吧?想到这里,我的脚步顿住了,唯恐惊扰了它们悠然自得的歌唱,于是换了一个方向走着……

稍抬头,眼角的余光远远地飘起来,划过楼层锋利的棱角,划过高楼圈出来的一片不规则的天空,也划过一幢格外高的楼在一片矮楼中鹤立鸡群的风采。阳光在楼顶的窗户上聚焦为耀眼的一团,却从那高高的楼顶上"纵身一跃",俯冲下来,直至被重重摔在操场的塑胶跑道上,支离破碎,却浅浅洇开一片柔和的金色光晕来。太阳并不吝啬向这片遥远的土地洒下光明,即使这是它与生俱来的权利。阳光明媚而炽烈,树伸出它柔韧的臂,柔柔地拂过金色的浮光,交叉的指间抖落下星点的斑驳,穿透尘埃交织的雾霭,妙不可言,只见——

一只蝶以极为灵巧轻快的身姿舞动着,翩翩而至,白色衣袂翩跹翻飞,时高时低,忽上忽下,化作一抹轻盈通透的白斑驳在花叶间,闪闪烁烁,投下淡淡的阴影。倏地,它将双翼一拢，停驻在花瓣之上，双翼微扬，仿佛舞者在落幕时分庄严地向观众行礼；双翼微倾，又像在倾听花瓣与清风之间的呢喃细语。沐着一身微凉的斑驳，宁谧安然。想走近几步，却一步迈出了梧桐的凉荫，影子滚烫，被毒辣的阳光侵蚀成不规则的一片。眯起眼，眼前的一切都氤氲成朦胧的金色，此刻的太阳一定耀眼得令我不敢直视。又躲进梧桐的凉荫里，依然宁谧安然，外面仍是灼灼热浪，那白色的精灵却在这时挣脱了我的视线，遁入那遥遥的一片绿意中去了。

不羡鸳，不慕仙。我也有我的桃源，只盼，此刻即永恒。

你相信这段文字，出自一个12岁少年之手吗？是的，是沐沐的随笔！当沐沐妈妈把她写的四篇文章传给我，我一口气读完，竟然感动到想流泪……

小小的沐沐，到底嗅得了多少墨香，有多少诗意栖息在她的骨子里，笔下才会流淌出如此贴切、生动又有才情的文字！

此刻她若在我面前，我必给她一个深情的拥抱，一切无须多言……

如此有才情的孩子，纵然数学成绩不尽如人意，她已然努力，有什么能对她苛责的呢？蝴蝶飞不过沧海，没有谁忍心去责怪。只恨自己从前对她了解不够，每次和沐沐妈妈交流，妈妈只对我说，沐沐读了很多书，我并不知她读过的书已化为她的才思，悄然融入了她的内心世界，在需要的时候，便肆情地奔涌，流泻于笔端，不需要给她一个命题让她写作，情思所行处就是流彩华章。

感谢这次家访，让我识得一颗少年心，在接下来的初中时光里，重新思考对她的教育。不管外面风雨，我会用我的爱，护她前行，和她一道构建并坚守她的"桃花源"。不再让她因数学作业没完成而担忧，不再让她为没有背下来的地理而苦恼，不再让她为跑步落后而卑怯，我要引导她用描绘桃花源的勇气去面对这些坎坷，积极努力就好。

家访归来，回想与沐沐交往的点滴和与家长的促膝长谈，我从来没有对"因材施教"四个字如此透彻地理解过。

面对沐沐，"因材施教"是对孩子最大的爱和尊重。

想起家访时赠给沐沐的一支钢笔，包装盒里的纸条写着"希望你用它流畅、高质量地书写作业，书写美丽人生"。家访之后，我想修改我的赠言："希望你用它流畅、高质量地书写文字，书写美丽人生。"

教育需要理想，教育需要用爱守护尘世里的那片桃花源。

我的生命在唱歌

一个真挚感人的好故事，蕴含哲理，开启心智，带给人心灵的启迪，让人受益匪浅。我和学生之间的故事，就从讲故事开始：

苏格拉底的父亲是一位著名的石雕师傅，在苏格拉底很小的时候，有一次他父亲正在雕刻一只石狮子，小苏格拉底观察了好一阵子，突然问父亲："怎样才能成为一个好的雕刻师呢？""看！"父亲说，"以这只石狮子来说吧，我并不是在雕刻这只石狮子，我是在唤醒它！""唤醒？""狮子本来就沉睡在石块中，我只是将它从石头监牢里解救出来而已。"

多么富有启发意义的话！长大后的苏格拉底不就是一位伟大的心灵雕刻师吗？他利用"产婆术"将那个时代人们的心灵从蒙昧状态中唤醒。

一位优秀的老师，也应是心灵的雕刻师。

我们的学生，就是石块里面沉睡的狮子，我们要做的就是唤醒学生心灵深处的天赋理性和内生性力量，让学生的潜能得以激发。

新学期开学，我带七年级两个班级的语文。看到孩子们稚气的脸庞、纯真的目光，我感受到无尽的力量与希望。记得第一节课，我没有让学生拿起书本，照本宣科地讲解课本。课前我就在思考，进入初中的第一节语文课，应该上什么？应该在他们心底种植下什么？简短的自我介绍后，我开始倾听他们：让他们说走进新校园的心情，说语文，说生命。我的第一节语文课，黑板上只写下八个字：感恩、真诚、勇气、正直。我拿出自己的语文课本，把扉页展示给学生，扉页的最上面清晰、美观地写着同样的八个字。"下面同学们应该怎样做？"学生会意，拿出笔，将这八个字工工整整地写在自己课本的扉页上。

　　开学第一课，我在学生的心灵种植下美德。这八个字犹如一面镜子，在接下来与学生的相处和交往中，以此为鉴，激励成长。

　　七一班的良英同学，扎个马尾辫，大眼睛忽闪忽闪的，一看就是机灵的孩子，倚仗机灵，有时会在作业上耍些小聪明。有一次，她早上来校后临时补写昨天的作业，还与课代表发生争执，被课代表当面状告到我那儿。我找到她，要求她在规定时间内完成，她二话不说，按时补交了。有一次周记作业，我批改时发现她把上一次的周记充当这次的。她的办法也实在不高明，就是把上次我批阅过的红色笔迹用胶带粘掉，然后原封不动地交上来。我一眼看出她的伎俩。我把她叫到办公室，还没问话，她就低下头，双手攥着衣角摆弄。看来，这次她自感事态严重，心里有些忐忑。

　　"知道叫你来是因为什么事吗？"

　　"知道。"

　　"那你说说看。"

　　她小声说："我昨天周记没写⋯⋯"

　　"没写我可以原谅你，然后你是怎么做的？"

　　她不出声了，也许是为难，也许是羞愧，开始在那儿抹眼泪。

我翻开本子递到她面前，她却不愿抬头看，我合上本子，一语不发地看着她，她感觉得到，我此时的沉默，比所有的呵责更让她无地自容。

我语气委婉了些，说："还记得开学第一节课，我在黑板上写的八个字吗？"

她点头。

"这次你哪一点没做到？"

"真诚……"她声音虽小，却很清楚。

"你这样做，是对自己不真，对老师不诚。作业可以分好坏，但品德可不能输给别人呀！本子拿回去，知道该如何做了？"

她抹把眼泪，接过本子，使劲地点头。

第二天一早，我刚到办公室，就看到她的周记本端端正正地放在我桌子上。我翻开，她已经工工整整、认认真真地补上了。这件事后，她再没有因作业让我劳神过，听课的状态也比原来专心多了。

春节，我收到她发来的短信："老师，我是良英，祝您新年愉快！下学期我会有更好的表现！"我很欣慰，回复："谢谢！也祝你和家人节日快乐，新学期，老师对你期待更多！"

在孩子心灵植下一种美德，便收获一份轻松与快乐！一个真心向诚的念头，是最罕有的珍贵，好像佛桌上开出的花朵，从生命深处唤起学生沉睡的自我意识、生命意识，促使学生价值观、人生观、创造力的觉醒，以实现自我生命意义。教育的过程不仅要从外部提升学生的能力，而且要唤醒学生内在的人格和心灵。

对于学生学习的主要阵地——课堂，上海特级教师于漪老师这样说："什么是教课？教课是我的生命在唱歌！"这句话给我很大的触动。一个用生命做事的人，怎会做不好呢？以生命去投入，去热爱，去融入，生命之歌定然会流淌出动人的旋律。

记得在学习莫怀戚的《散步》这篇课文（课文主要记叙了"我"、"我"的母亲、妻子和儿子一家四口在春天的田野上散步时的故事。因走大路还是走小路，"我"的母亲和儿子发生了分歧，"我"听从母亲，母亲听从儿子，最后选择走小路，因母亲年迈，儿子年幼，于是"我"背起母亲，妻子背起儿子）时，我设计了这样一个问题："在这个家庭中谁的权力最大？"同学们各抒己见，经过不同观点的碰撞、交流，最后发现原来谁都可以是这个家庭中权力最大的一个，并且在文中都能找到根据。我归纳道："在家中没有权力最大者，只有情感是相通的，那就是一个爱字！"这时我请姜海杰同学在黑板上画一个心形图，没想到平时调皮的姜海杰同学不仅形象地画出了心形图，并且创意地在心形中间画了四个人，亲情就这样通过这一幅形象简笔画体现得恰到好处，一家四口散步在春天田野的温馨画面油然而生。我微笑着对他竖起大拇指，同学们把赞许的目光和热烈的掌声送给了他。

接下来我随手从教室的窗台上端过一盆花，问学生们："我手中的这盆花，假如让你送给文中的一个人，你会送给谁？请说说理由。"学生们踊跃地举手发言，有的说要送给作者，有的说要送给母亲，有的说要送给妻子，有的说要送给儿子，并且各有各的理由。姜海杰的回答更具有新意，他说："这盆花会传递给每一个人——我把花送给作者，因为作者孝顺，但作者会把花送给妻子，妻子会把花送给母亲，母亲又会送给儿子！"听着他的回答，同学们不住地点头，又是一阵喝彩的掌声。我不失时机地总结表扬道："姜海杰同学的回答太精彩了！是呀，当一朵花传递到每一个人的手上时，一种真情也流淌在每一个人的心底，形成剪不断的亲情链！"

相信这节课学生们的感受和我一样，被浓浓的亲情和课堂的气氛所感染。这时的课堂就像一块巨大的磁石，我和学生都被它牢牢吸引。

我确信一句话："教育是一个灵魂唤醒另一个灵魂，一颗心感染另一颗心。"姜海杰同学在这节课上被唤醒的心灵给予我很大的成就感和满足感。下午，我在办公室，有人敲门。"请进！"门被推开了，门口却没有人！我心想，可能是哪个调皮鬼课间故意来捣乱，就起身去关门，到门口却感觉到门旁好像有人。果然，几个躲在门旁的学生乐呵呵地跳出来，其中一位学生神秘兮兮地说："老师，姜海杰有朵花要送给您！"这时姜海杰从背后举出一朵康乃馨，塞在我手里："老师，给！"他也不抬眼看我，然后就和其他几个同学雀跃而散了。

几个欢快跑去的身影，一朵温暖的康乃馨，一个站立门前惊异的我。虽然我没有问，他们也没有说，为什么会想起送一朵花给我，不过我知道，上午学习《散步》时课堂上送花的情节产生了潜移默化的效果，课堂上营造的浓郁温馨的爱传递到生活中了。

我欣慰，他们的心灵被唤醒，把亲情延伸到师生情。希望在他们心底激起的这朵小小的涟漪，如夏日的清荷，给周围更多的人带来芬芳，陪伴他们走在人生成长的路上。

苏霍姆林斯基曾经有个精彩的比喻：我们要像对待荷叶上的露珠一样，小心翼翼地保护学生幼小的心灵。晶莹透亮的露珠是美丽可爱的，却又是十分脆弱的，一不小心露珠滚落，就会破碎。爱是教育的原动力，教师关爱和激励的目光就是学生心灵的阳光。

把爱融进生命，把生命融进课堂，创造激情，让所有学生都抬头走路，以此塑造学生崇高的个性品质。学生的自尊、自信、求知欲望和创作灵感就如同露珠，需要教师倍加呵护。这种呵护就是要从生命深处唤起学生沉睡的自我意识、生命意识，促使学生价值观、人生观、创造力的觉醒，而不仅仅是在传授和接纳某种外在的、具体的知识和技能。

路有多远

每带完一届毕业班，整个人好像被掏空了一样，感觉掏心掏肺的爱已全部给完，没有力气再去爱孩子们了。

历经一个夏季，夏的浓荫仿佛悄悄蓬勃在我的心底。当空气中夹着一丝微凉，九月如约而至，迎来又一个开学的日子。

迎接一个新的班级，像迎接一个新生命的来临，有一种庄严而神圣的美。那种全新的生命气息，迎面扑来，直达心底。看着孩子们一张张稚气未脱的脸，喜爱之情充盈心间。"没有爱，便没有教育"，从新学期的第一天起，我就告诉自己必须至真至善地去爱护他们。

在家长的陪送下，孩子们陆续到来。拿出通知书报到，进入教室，右边的黑板上写着"三才者，天地人，三光者，日月星……"右下角写有提示："请自选座位，拿出纸和笔，抄写试背诵"。左边黑板写着"入班第一天，树立好形象""欢迎七（6）班的孩子"。不用我说什么，孩子们秩序井然，入座后拿出纸和笔安安静静地抄写《三字经》。教室门口，陆续到来的家长和我轻声简短地交谈，孩子入班，家长离开。当走廊里还有其他家长孩子喧哗的时候，我班教室里静悄悄。

我喜欢的那种安静，孩子们做到了。

开学第一天，比我想象的要顺利得多。"不以规矩，不成方圆。"不过校规班规固然重要，硬性的规定还需要人性地执行。一个班级的核心竞争力是什么？我觉得两个字——自律。自律才能自立，自立才能自强。自律是自尊自爱的表现，是一个人言谈举止文明的体现。我们内心向往的班级可以通过孩子们的自律去构建。

做眼保健操时，我班没有班干部在讲台上盯着，孩子们听到铃响会自觉回到位子上，跟着广播做；每天上午广播操时间，他们会自己管理自己；班级卫生，我班没有垃圾桶，自己的垃圾自己处理，每人准备一个小垃圾袋挂在课桌旁，每天及时清理，发现地面有纸屑，随手捡起，晚上值日，地面只需用拖把就可以了；桌椅的摆放，做到"人正、心正、坐姿正、桌椅正"，让"正己"成为一种自觉的行为。

为了营造班级文化氛围，我利用教室后面的空间放置了一个书柜，孩子们各自从家里带一本书，和其他同学交换阅读，按时更新。所以课余时间，特别是下午上课前那段时间，早来的孩子会捧上一本自己喜欢的书，津津有味地阅读，着迷而专注。

教室的每一面墙壁都会"说话"——孩子们自己选出名言，动手写在纸上，贴在墙壁上，如"学习成就未来""态度决定高度""思路决定出路""择善修身，立志成才""绳锯木断，水滴石穿"等，时刻提醒激励自己奋发有为，不可懈怠。为陶冶情操，除了班歌，我每月为孩子们选一首积极向上的歌曲，用多媒体播放，听到音乐，孩子们就会不自觉地学着唱，让美妙的音乐浸染心田，感受美的旋律，从中汲取力量。

"喜欢自己做的事，就幸福"。学会悦纳自己，悦纳身边的人和物。树立主人翁责任感，班级是"我的"，我要关爱她；学校是"我的"，我要呵护她；将来长大成家立业了，家庭是"我的"，我要守护她；祖国是"我的"，我要热爱她。让孩子有一种归属感、责任感、幸福感。

"择善修身，立志成才。"鼓励孩子从自己身边的小事做起，让"爱"和"善"的种子融入他们的心田。岁月流逝，容颜老去，只有一个人的美德会随岁月积淀下来，熠熠生辉。

作为一个教育者，思想有多远，教育就有多远。爱一朵花，就陪她一起绽放吧，抵达幸福，不问路有多远。

第二辑
——
欢喜一念

坐看云起时

和当代著名山水画家朱松发老师的一面之缘,纯属偶然。

4月15日,是我的结婚纪念日。正打算出门,爱人接到朱松发老师的电话,让去他的工作室取画,我得以同行。

一路上爱人说着他和朱老师接触的点滴,谈朱老师的山水画技法、绘画风格,讲朱老师为人谦逊和善,言语间无不流露着对朱老师的敬仰之情。驱车三十分钟的路程,明媚的阳光暖暖地洒进车窗,听着爱人的叙说,我怀着崇敬的心情,走近这位绘画界前辈。

四楼,轻轻敲门,开门见一位精神矍铄、满面笑容的长者,与爱人亲切握手。"朱老师好!""这位是……""我夫人。"简短地问候过,朱老走近画案,拿出几幅画一一展开,其中一幅是赠与我爱人的梅花,爱人见后感激地对朱老说出我的名字:"她名字里有一个梅字……""太巧了,这幅画送给她了!"朱老含笑亲切地说。

在朱老和爱人谈工作上的事情时,我打量了一番他的工作室。约30平方米的画室,布置简朴,最惹眼的要数倚窗而放的一张长长的画案了。画案的毛毡上星星点点的墨色,记录着朱老伏案作画的每一个瞬间。西面墙上是一幅恣肆挥毫的山水长卷,朱老用慧心与慧眼巧妙将自然融入他的画卷之中,泼洒的笔墨似飘浮烟云,似淙淙流水，似山中雾气，似山峦重叠，似层石静卧，似林木招展……不经意间流露出率真、飘逸、浑厚与苍劲之美！北面是一组书柜，里面陈列着琳琅的书籍，想必那里亦是朱老驻足的桃花源吧！

朱老不仅画好，草书更是别具风韵，引人入胜。谈话间，我试着问："朱老师，向您求一幅墨宝吧！"没想到，朱老含笑爽快答应了！铺纸，研墨，笔在纸上行，句由心头出，抬手落笔处，王维诗句成："行到水穷处，坐看云起时。"其间我拿出相机拍下他书写的场景，这哪是在写字啊，分明是在作画！行云流水，畅快淋漓，大气浑然，一气呵成。写完落款时，朱老发现印章不在身边。有什么关系呢？朱老拿出枣红颜料和小号笔，俯身一笔一笔"刻"出手绘的章！片刻工夫，时间、姓名和他的斋号"片云亭"三字，便熠熠灵动地呈现纸上，手绘印章，意义非凡。

我小心翼翼地折叠收起，朱老怎知，这幅字是我今天得到的最珍贵的结婚纪念日礼物啊！

就在准备离去时，案头静静站立的一个瓷器里，几株凋残的枯莲闯进我的眼帘，抬眼，角落的空调上不同的瓷器里同样静立着几片干枯的莲。那从大自然采撷来的精灵，不管时间怎样流转，叶脉间依然翩飞着清莲不朽的精魂。夏荷入室，缤纷景色便可摇曳于心田！主人的思想涵养、艺术活力、率真洁净的心地，就在我看到莲的那一瞬间尽现，无言天地间。窗外的喧嚣，打扰不了这一方宁静的世界。

"斯是陋室，惟吾德馨。"一方小小天地里，画案、墨香、书籍、瓷器、枯莲，承载的是对艺术孜孜不倦的追求，厚德载物的品格。在和朱老短暂的交流中，我深深感受到朱老的丰富、厚重、至真。

朱老将我们送至门前，握手道别。走廊尽头转弯处，我和爱人回头，朱老依然站在门外，还在含笑默默目送。再一次挥手，那一刻心头盈满感动——这样的一位长者，怎能不让人心生感激和敬仰之情？

我低头看看手袋里朱老的墨宝，"行到水穷处，坐看云起时"——这何尝不是朱老超然、豁达心境的写照呢？

人间有味是清欢

初夏，小满刚过，接连两天阴雨。雨后空气清新，晚上一个人在家，决定下楼去走走。

小区草坪上，两个稚童在奔跑嬉戏。我驻足观看，因互不相识，且唤他们大童、小童吧。大童在玩一种类似"飞碟"的玩具，路灯下我看不真切。只见他手一拉一扬，飞出一物，然后落地，小童欢呼雀跃，捡拾落地的"飞碟"。

"姐姐，你来玩吗？"小童跳着跑到我跟前。

背后是路灯，我逆光而站，小童看不清我的容貌，自然看不出我的年龄，一声姐姐，打破所有隔膜，仿佛是童年伙伴的呼唤。

"好啊！"我欣然答应，抬脚加入他们。

"你几岁了？"我问小童。

"我三岁！"

哦，三岁，多么小啊！

"你呢？"我问大童。

"我上三年级了！九岁！"

哦，九岁的童年！

"让我试试吧！"我伸出双手，大童慷慨地将玩具递给我。我这才看清楚，玩具很简单，一根约20厘米长、形状似螺丝的塑料棒，一个类似螺丝帽的弹力器，一只"飞碟"。

"你教我吧！"

大童爽快答应，边说边示范：先用左手握住塑料棒的底端，然后套上螺丝帽样的弹力器，再插上飞碟。举起来，右手用力将弹力器向上拉，飞碟就飞出去了！

我照着样子尝试，第一次飞碟画出一个弧形，落在近处的草坪。大童一边捡起，一边强调：拉出去的时候要快！越快飞得越高！

好！我再试试。

左手握住塑料棒底端，右手捏住弹力器，双臂抬起，心里默念："快！用力！拉！""嗖！"果然，飞碟弹出一道直线射向天空，夜幕中，竟然不见了踪影……我们抬头傻等，片刻后，小童"咯咯咯"地笑着："在这儿，在这儿！"原来飞碟像长了眼睛，居然落在了小童的脚边。他将飞碟举过头顶，像一个凯旋的英勇小战士飞奔而来！

哈！飞碟在和我们捉迷藏呢！

我感激地把玩具还给大童，挥手告别，他俩依然在昏黄的灯光下玩耍嬉戏。

原以为快乐是他们的，此刻，回头看着他们奔跑的身影，内心竟是满满的喜悦和幸福呢！

谢谢宝贝，在这个夜晚，将一份童真和快乐传给我。

前行，过道两边是小区的老人在晚练，统一节拍，击掌拍腿。其实每天晚上这个时间，我在楼上都可以听到清脆的击掌节奏，却不喧闹。老人的那份沉淀即使在运动中也传递着安宁。

也许是受了小童的感染,我加入他们的行列,站在一位奶奶身边,互相微笑点头算是问候。锻炼已接近尾声,我跟着节奏,双臂伸展,抬头闭眼,舒展的身体像此刻舒展的心。

天上没有星星,心头竟有繁星闪烁……安详如老人,安详如我心。

告别老人,继续前行。路灯下,一位少年在练习跳绳,父亲在旁边帮助数数:"55、56、57、58、59……"一盏路灯,一对父子,与我无关,我却留恋地回望,内心无限欢喜幸福。

人间有味是清欢,如今天这个夜晚。此心安处是吾乡,城市里的家园,是菩提,是一颗柔软心。

换一种姿态见到更美的风景

做一个眺望者,是我一贯的姿态。而今天在一片宁静里,我更愿做一个仰望者。

因为眺望的诱惑,我必须挥洒汗水,盯着脚尖,心无旁骛地奋力登高。只有登高者晓得"一览众山小"是眼睛所见,"高处不胜寒"是心灵写照。

九月,我踏进这片陌生的天地。隆冬又将至,我会不会像候鸟一样迁徙?我想改变一种飞翔的姿势,也许能看到更美的风景。

每天早上骑车带儿子去上学,迎着东方,仰望一轮红日在远远的地平线上徐徐升起,苍宇如此辽阔,此刻和天地如此亲近。有时,还会欣赏到飞机划过的痕迹,白白的,长长的,悬在天际,如飘逸的丝带。天空为背景,红日为衬托,我和儿子都会仰起脖子,赞叹这片绚丽。"妈妈,你看!真美!"儿子的话千真万确。仰望天空,会欣赏到另一种别样的景致。

上下班的路上,闪烁的霓虹,宽阔的道路,我必经的那片明净的湖。偶尔听得飞鸟轻鸣,每次我都会用目光去追寻,希望能看到飞鸟的身影。有时鸟儿也会停在枝头,梳一梳羽毛,朝我歪头瞅瞅。我叫不出鸟的名字,却感觉到无比亲切。只要看到鸟儿的雀跃,心里便会涌出莫名的喜悦。以一种平等的姿态去感受,内心便多了一份祥和快乐。

　　天鹅湖岸，是我和爱人带孩子一起散步的地方。一直梦想拥有一片海，而今天这片澄澈的湖让我安静下来。春和景明，波光潋滟，水面攒动着无数的光，如剪碎的金片，密密匝匝地洒在水面上，轻柔的风吹过，盈盈翩舞。

　　满天星斗的夜晚，湖边更静了，偶见三三两两的行人。放眼四周，灯光多于星斗，极目更远处，灯光和星光辉映。牵着爱人温暖的手，看着儿子蹦跳引路的身影，停下来，指向灯火更深处，告诉爱人和儿子，远望是憧憬，眼前是触手可及的幸福。

　　换一种姿态，拥有真实与幸福。纪伯伦说：

　　　　天堂就在那儿
　　　　在那扇门后
　　　　在隔壁的房里
　　　　但是我把钥匙丢了
　　　　也许我只是把它放错了地方

　　天堂其实就在手边，就在你抬眼之处。愿芸芸众生，能活在属于自己的人间天堂，熟悉的地方见到更美的风景。

谁念西风独自凉

捧读《纳兰词》，被他的词情萦绕，越发相信，纳兰的词心与生俱来。上苍悲悯，让一颗早逝凡尘的星子，用另一种方式永存人世。

"家家争唱《饮水词》，纳兰心事几人知？"他生在钟鸣鼎食之家，过着锦衣玉食的生活，为何纳兰容若的词里，流淌的却是排遣不去的惆怅与忧伤？在光阴的河流上，他淡漠春花，独赏秋凉；他相忘繁华，贪恋清雅；他摒弃权贵，静享禅缘砚香。

摘一粒星子挂在柳梢，凭栏，眺望人间苍茫。

伫立在光阴的岸头，溯流打捞三百多年前的一段青梅旧事。

情感路，伤心途。

他与青梅表妹十年的情愫心照不宣，彼此深知，只字未提。"相逢不语，一朵芙蓉着秋雨。小晕红潮，斜溜鬟心只凤翘。待将低唤，直为凝情恐人见。欲诉幽怀，转过回阑叩玉钗。"所有心绪，他寄于词中，谁解？字字成曲，吟于窗外飞絮听。

他与青梅表妹的相逢应在七岁那一年。她被一辆马车带到纳兰府，人生只是如初见，相见一眼两无猜。在懵懂天真的无忧光阴里，在受人仰慕的纳兰府，两人相伴长大。一个是纤尘不染，梨花带雨，一个是俊朗优雅，清逸绝俗。人间的烟火飘萦不出童话，有情人无法逾越现实的鸿沟。父亲纳兰明珠，位高权重的肱股之臣，母亲觉罗氏，亲王之女，他们怎会答应有着尊贵身份、受人仰视的纳兰府的长子迎娶一朵卑微的青梅？一个自小父母双亡的可怜女，怎么会端坐在牡丹争艳的富贵门？

无法挣脱宿命的手，表妹被纳兰容若的父母送进了宫。十年清梦，还没来得及开启，就被掩上重重的门，冰封在永远无法跃出的河底。

纳兰的伤，从此始，世间能够医治他的药，唯有词。

清秋冷月，追昔前尘，心事交于谁？那段刻入骨却未开启的爱，如三月被东风吹落的一树洁白的梨花，片片残章；如六月被夜雨打湿的一池圣洁的清荷，朵朵凄凉。再缠绵缤纷的枝头，怎奈花期不慈悲，声声催逼，散入流水，随波去……温暖而残忍，绝美而又痛彻心扉。挑灯展卷，凉凉清辉笔墨中。

"彤云久绝飞琼字，人在谁边？人在谁边？今夜玉清眠不眠？香销被冷残灯灭，静数秋天。静数秋天，又误心期到下弦。"

"拨灯书尽红笺也，依旧无聊。玉漏迢迢，梦里寒花隔玉箫。几竿修竹三更雨，叶叶萧萧。分付秋潮，莫误双鱼到谢桥。"

两首《采桑子》，相思遥寄月明中。一段未曾开启的情，随西风逝云外，伤痕藏心头，凭词哀悼，冷月之下，几点黄花满地秋。

从此，纳兰容若心湖的某个洁净温暖处，长着一颗叫青梅的朱砂痣。

人不知生在权贵之家的他为何忧伤，他是词人，有属于自己的天宇，他可以端坐在自己的云间，俯视苍生。然而，行走在凡尘，挣扎不出被人间烟火灼伤的痛，彻悟，又何如？

后来康熙赐婚,纳兰娶了两广总督卢兴祖之女为妻——一个安静娴雅、柔情似水、痴心恋他的女子。上苍待纳兰不薄,他亦无法抗拒眼前这个清雅、温柔、娇媚的妻。然她亦知,他的心底永驻一个如梨花的女子。"软风吹遍窗纱,心期便隔天涯。从此伤春伤别,黄昏只对梨花。"

痴情而善解人意的卢氏,依然用纯粹高洁的爱温暖着纳兰。纳兰也收藏起表妹,要好好善待眼前纯美的妻。然世事难料,千帆过尽,流水依然潺潺去。三年相爱相牵的手,却抵不过宿命之手的轻轻一招,卢氏在产下她和纳兰的婴孩后,静静死在这个她愿意把生命相交的爱人的怀里,脸上是无悔无忧安静的微笑。至死,她只把温暖与微笑留给他。

纳兰,上苍用右手给了他欢喜,左手又给了他更深的伤痕。她用温暖为他缝补好的心,又被寒冰划开。"泪咽却无声,只向从前悔薄情。凭仗丹青重省识,盈盈,一片伤心画不成。"他想给她更多更深的爱,她应该拥有的爱。

然飞鹤去,夕阳沉,残霜一地叶飘零。青衫湿遍,唤不回。

"人生若只如初见,何事秋风悲画扇。"他本该纵马放歌在天涯,带着"身向榆关那畔行"的萧萧豪迈和男儿的凌云壮志。然岁月的风尘沾上他的衣襟,蘸沉香,成词阕。

"此夜红楼,天上人间一样愁。"纳兰携词,行走在他的忧伤里。捧读《纳兰词》,我必信上苍赋予纳兰与生俱来的词心,也必信生命赐予纳兰缠绕繁华与凄凉的历程,让他的词心、词情在凡尘里站立成一朵绝美而永不凋零的仙葩。

偶然间遇见你

若,第一次见到你,缘于无意间,我闯进了你的博客里。

博客里的照片,应该是真实的你,长长的发,白色的上衣,若即若离的眼神,双手交叉于胸前。

仿佛久远地开在山谷里的幽兰,那淡淡的香,倩倩的影,在我的眼眸间飘转。仿佛藏在心底追寻着的,一个带着你这样气息的人,就在轻轻点击鼠标的刹那,就在无意中的一个目光里。

"光亮,就浮在水面上／在一场风雨过后／我陷入到起伏中／而此刻／你恰好拨动水流／雨水,从你的指尖漫出来／这些清澈的湿润／会再一次地抚慰我。"这是你的诗句,跃动在我的眼前。你亦是一个爱写诗的人,诗情若心。而此刻,你是恰好拨动流水的那个人,从你清澈的眼眸里,看风雨随流水远去……你浅浅的笑意,如自在自信的云。

耳际,是从你的音乐盒里,流淌出的小娟山泉般悠然恬淡的民谣曲《惦记这一些》:"是否该结束,还是会再继续,把一切都写在胸口,静静地走过,在什么时候,能够再有一些关怀,让我升起心中的太阳,一切都更美好。喔不要说,别说那角落太孤寂,虽没有你的梦,也会有我的歌……"

倾听着这仿若从大自然的怀抱里流出的歌,可以让心灵找到皈依。我亦喜欢小娟，喜欢她的淳朴、真实和不加修饰的亲切感。疲惫的时候，烦倦的时候，一个人的时候，听她的歌，就是在倾听渴望中纯粹的美。若，你不认识我，我不认识你，而你给予我穿越时空的慰藉与释然，你不知。

看着你若即若离的眼神里有无法掩饰的忧郁，微微上扬的嘴角定格下的是一抹淡然，竟然有一种恍若隔世的久远，又有一种分明真实可感的微痛，开始在心底蔓延……那是岁月的无情与恩赐。

这个无语的你，感觉像某一时刻的自己，又像一位熟悉却未曾谋面的友人。你若即若离的眼神就像握不住的光阴，你柔顺软软的发丝，竟如狠狠的鞭，扬起，抽打在悲喜交替的记忆里。人生就在跌跌撞撞、起起伏伏里，无可停歇地走下去。

看着你，让我回忆；看着你，让我眷念；看着你，让我神往生命的美。"不需要加速／春天的奔跑／早已从薄冰下的消融就开始了。"你的神韵里，有一种历尽浮华后的淡定，有岁月沉淀在你容颜上的光辉。岁月带走了我们的青春，也给予我们一份淡泊从容。

人世间奇妙的莫名的欢喜，谁能道出缘由呢？若，我在偶然间遇见你，心中充盈感激。也许我会再闯进你的世界里，也许我会就此遗忘你，而你带给我的一念欢喜，成此文。

第三辑

说出来，就是永恒

漫步深秋

记不得从哪一个秋季起，我痴迷上了秋季。

风高霜洁，雁啼南归，层林尽染，枯叶纷飞。每一种景致，于我都是上苍恩赐的际遇。

这两天，感触到入秋以来从未有过的寒意。瑟瑟寒风中，方知秋要远离。搬来日历，回翻逝去的十月：寒露、霜降，属于秋的节令，已在我的浑浑噩噩中，不见了踪影。生命中金秋的十月，谁还能再翻得回？

"最是人间留不住，朱颜辞镜花辞树。"想那繁华的春花，夏日的浓荫，怎奈这行色匆匆的秋季？

合肥多银杏树。那是我喜欢的树木，斑驳苍劲直挺的树干，叶如扇如云。它春来抽芽，夏来繁密，秋来泛黄。那是一种纯正的一尘不染的黄色，即使飘落，叶依然不干枯，颜色不变褐，质地不变腐。我一直感叹它是一种神奇的树。

每天上下班，骑车碾在一地金黄色的银杏树叶上，我想停下来，脚步放得慢一些，再慢一些，让一地金黄的银杏叶围绕我再做一次旋飞；或拾取几片，珍藏成书签；或停下来化作蝶，和银杏叶躺在一起，凭风将自己卷没在哪块泥土里。

可是，时间催着我啊，我不能停留，我只能骑车碾在落叶上，行色匆匆。来不及，来不及，我要赶做尘世中我该做的事。

"人生苦局促，俯仰多悲悸。"这般时候，树与人，都应有属于自己的无奈吧。

"人生只似风前絮，欢也零星，悲也零星，都作连江点点萍。"王国维简简单单的几句，道尽人间浮沉。秋天，于欢者而言，看到的是春华秋实；于悲者而言，看到的却是凋残。而凋残，更有一种震撼人心的力量。落叶残阳，霜冷长河，衰草雁啼，我爱这苍凉与凋残的美，美到骨子里。

不由得想起乡村的夜晚，特别地美。秋天，能看到满天闪光的星星，如清水洗过般晶晶亮亮的星星。人与天空的距离，可以缩短为咫尺。寂静辽阔的夜空曾经离我很近很近，我可以随手抚一下星辰。星空用它最原始的状态与最真实的胸怀接纳了我这个俗子。因为那份寂静与纯美，因为那份自由与自然，因为那份无猜忌的亲近，我怀恋，我歌颂，永远。

而今天，我不能放歌。城市里，到处是泛着灰的高楼墙壁，月光隐藏，闪烁的霓虹遮住了星辉。

起风了，一个人漫步深秋……

一叶唤我心

初冬的黄昏，街灯下，我捡回一枚银杏树的叶子。

灯下，细细端详。你安详地躺在我的手心里，洁净、厚实，依然泛着晶晶光泽，有哪一种落叶能与你相比？到底是一种怎样的追求凝成你如此高洁的品质？

庆幸我行走的街衢站立着你挺拔的身躯，那是一种感召，也是一种激励。每有忧伤袭上心头，漫步在你敞开的胸怀里，可知我心中万千思绪：那是陶潜东篱下几簇盛开的菊花，是济慈歌颂的夜莺，是梭罗澄澈的瓦尔登湖……这些，投影在你的黄叶翻飞里。

在中国的经典里我找不出你的名字，也很少有诗人去咏赞你，画家的笔墨里也鲜有你的影迹。你端庄地站立在脚下的土地，把浓荫奉献给行人，把清新奉献给大地，把诗意和力量奉献给爱你的人。举目四望，萧萧寒风里，还有谁像你一样坚贞？

小时候，家乡多梨树，我喜欢过；村旁多白杨，我仰慕过；梧桐多花朵，我遐想过；松柏显精神，我钦佩过；玉兰青四季，花绽如白莲，我感叹过……这一地树木，满枝花朵，唯有你，牢牢活在我的心海里，摇曳多姿，顾盼生辉，坚忍如石，傲然如山。

我善感的心啊，唤来真善美，在你的枝头下，做一次相会，在古老传说里，倾听你的神奇：二亿五千万年前，恐龙时代，你已经繁盛在中国大地,历经沧海桑田,很多植物与动物都灭绝,唯有你,容颜未改,保持你最原始的面貌,端庄美丽地挺立在这多难又多情的人间。

树木是大地写在天空中的诗。你就是那古老传说中的"神树"吧!

春暖花开之际,你细叶嫩芽,玲珑奇特;炎夏,你打开扇面,风来轻摇,送来丝丝凉意;深秋,你撒下一片橙黄,宛如铺开一条金色梦幻的地毯,绘出人间独特的画卷;冬季,你挺立着伟岸的枝丫,似与严冬斗傲,充盈着倔强蓬勃之气。

你从何处移来,落脚在这个城市?是否也如我一样,曾有过眷恋的土地,割舍不下的记忆?既然选择了站在这里,你就努力地成长为自己。你始终用一颗乐观而奋进的心,迎接风雨,走过四季。

灯下,掩叶深思,我心释然。

世间的树木千千棵,人间的风景万万种,做一棵快乐而奋进的银杏树,哪怕只是一枚小小的银杏叶,随四季歌唱枝头或回归泥土。情,不改其贞;志,不改其坚。

初冬的夜,一枚小小的银杏叶,唤醒了我的心。

一棵树

　　早晨起床打开窗,刹那间,我被眼前的景象惊住了:昨夜的一场风雨,一夜间摇落银杏树金黄的叶!那蹑手蹑脚的风,那无声无息的雨,只是一夜间,将盈盈一树的金黄全部凋残。

　　昨天,它还在日光下婆娑在我的窗前。

　　那满地的落叶啊,湿淋淋地铺展在石径上、草坪间……"昨夜西风凋碧树,独上高楼,望尽天涯路……"目之所及,我仿佛看到那残谢的枝头,还萌动着簇簇嫩黄的芽儿,和我彼此微笑着问候。那第一缕春光里萌芽的惊喜,还如此地清晰,你青翠欲滴的绿,你泼墨醉心的黄,交织在眼前,转眼间凋零。想你深夜里决然地飘飞,如霏雨,如我的泪,你只给我新生的惊喜,却独自承受归入尘土的孤寂,留一地凄美,换我无语。

　　时光流转,银杏在枝头轮回四季。

　　在天鹅湖北岸,有我熟知的四棵银杏树。春天里,我和早归的鸟儿一起,在青石小径上,欢欣在你浓浓生机里;夏天里,我和荧荧星辉一道,站在你脚下那方高高湖畔上,听凉凉水面上传来的歌;冬天里,我曾踩着厚厚的雪,为了走近你,湖边留下一行通向你的脚印……这个秋季,我还没有来得及走近你,一夜风雨,匆匆将你潜入另一个冬季。

季节无情如此。

那些走过了的光阴，你不去理会，无语铺展，以决绝的姿态安然于大地。留我独自临窗，用一个转身做最后的别离。

怎能忘，刚来到这个陌生的城市，两点一线的路上，不管是早上还是黄昏，我总能看到你安静地屹立路旁。第一次行走在你的浓荫里，心底萌生一种感激；再一次行走在你的枝头下，心底萌生一种无可言喻的欢喜。

在仰望里，我读懂了你轻盈叶片里包裹着坚韧，沧桑树干中蕴含着豁达，春天的胚芽里绽放着奉献，秋天的落叶里栖息着诗意，冬天的枯枝上孕育着希冀；也读懂了你四季轮回的乐观和随遇而安的淡然。

在那些孤独奋斗的日子里，是你带给我心灵的慰藉，排遣我无助的消沉，传递我一种力量。你是装饰这座城市的风景线，也装饰了一个人的心，在深深浅浅的光阴中，走进我的生命里。温暖封存记忆，感激永存心底。我和你一起，在这个温润而四季分明的城市里，安一个家。

从此，爱上银杏树，用爱故乡洁白梨花的情怀。从此，我的心头总有银杏的芬芳在流动，在浅唱。

在这个繁华而喧嚣的城市，在霓虹和高楼的身后，总有一种洁净的美，涤荡我浊浊的心。流转的光阴里，我坚信，一个人和一棵树可以成为知己，在彼此的陪伴里，拂去疲惫，捡拾纯粹，忘却俗尘。

心在春行处

走在春光里,仰望,看到银杏树抽出的第一缕青色,兴奋与喜悦慢慢浸染,我的世界里有春天流动的声音。

这小小的轻轻摇曳出的青色,竟像我无数的梦,在漫长的等待与寻觅中,忽然,就在我仰望的一瞬间,全部兑现!幸福淹没了我。一树萌芽的嫩叶,成全了我渴望的双眼。

我开始爱上这久违的春天。经历了漫漫长冬,心在瞬间的感动中醒来。仿佛一个孤独漂泊的游子,辗转无数个晨昏,看尽无数次花开与飘零,在一片浮云的牵引下,登临山顶,望到故乡的身影,泪眼蒙眬……即使行囊空空,依然有一个地方肯将自己收留。故土遥远,收容我心处,是这一树无语的生命色。

问自己,为何要如此执着,爱大自然的每一种颜色,每一棵树木,每一道残阳,每一次日出,每一片飘零,每一抹新生。爱到骨子里,并坚信季节的每一个轮回都栖息在我的灵魂深处。我的心灵,生长在泥土的风霜与芳香处。四季的风不必询问我的悲乐,我自知她的喜忧。

在劳顿、烦琐的人生中,我执意于诗意的生活,哪怕只能凭借想象支撑。

鸟儿开始丈量天空了。高高地、低低地或缓缓地飞翔,凭记忆找回曾经的枝头，眷念未改，那是一棵可以让它依赖的树。一棵树和一只鸟，彼此等候，穿越凛凛寒风，穿越冷冷冰层，穿越遥遥征途。冬去春来，不忘不弃。

我将心情寄存在你的眼眸处，阳光下，你与我共同见证春天里银杏树的第一抹新绿。我骄傲地微笑，银杏树在我预算的时日内悄然抽芽。你说，我快乐得像个孩子，我想我是一个快乐的小孩。我看到梦想在阳光的碎片下绽开了殷殷花絮，那朵朵花絮带着我，散去云翳沉沉的昨日，散去阴霾天空积聚的阴雨，走向单纯的快乐、单纯的满足和内心的宁静。

在三月的一片春光里，听见我的世界里生命流动的声音。

香樟的香

这几日,我像着了魔,因香樟特异的香而沉醉。

香樟又名樟树、乌樟、芳樟,是江南四大名木之一。树干笔直,树皮粗糙但质地却很均匀。树冠广展,枝叶如撑开的巨伞,在天空中画出优美的曲线。像一位雄才大略的勃发青年,又像一位俊朗刚毅的沉稳智者,立于天地间,伸开臂膀凝聚浓荫,庇佑人类,神韵凛然,气势雄伟。一年四季,郁郁葱葱,苍翠欲滴。炎热的夏,随风轻摇的叶,给行人带来惬意的清凉。

我的老家在北方,故土没有这种树木。留在我记忆中的,是故乡的梨树、槐树、榆树、梧桐、白杨、枣树、楝子树,唯独没有见过香樟。

而今在我生活的地方,院落、街道、公园随处可见它的身影。那树形和枝叶已够我神往的了,更何况在初夏里弥漫着醉人的香!走近它仔细看,才发现在每一片树叶的底端,长出一个细长的花茎,花茎顶部对称着开出簇簇碎小的黄绿色的花朵。几乎每一片叶下都会蹿出一枝花茎,每一枝花茎的顶部都冒出繁密的花朵……那些小小的密密的花儿,掩映在葱茏的枝叶间,掩映在阳光和月华下,不仔细看,竟不知道香樟的花朵如此纤弱,如此精致,又如此繁密!

难怪,当我走出房间,只嗅到花香,却不见花在何处!

那晚在湖边散步，因被浓郁的花香所吸引，我停下脚步抬头仰望，在路灯橙色光芒的映照下看到闪亮亮的一树，我瞪大了眼睛，竟一时间分辨不出哪是叶哪是花！一树嫩黄、嫩绿，灿灿地在枝头跳跃着、欢腾着……我的词句远不如一棵树生动。

我整个人，沉浸在浓浓的花香里。那香，比梨花要浓，却不冲；那香，比槐花要甜，却不腻；那香，比梧桐花要烈，却清新。人间，有哪种花的香能如此纯粹、幽远、洁净、高雅？那香是如此张扬，却又如此含蓄！香樟把香散播在天地间，我徜徉在它的天地里，闭上眼睛深深吸一下，五脏六腑，便全是它的香了，如痴如醉……

韶光流转，伤逝物华。氤氲在光阴怀里的香，终会悄悄散尽。只能用一粒一粒的文字，拈一季花香藏于红袖，慰藉此心罢了。

我突发奇想，如果将香樟花采集做成香料，缝制成形状各异的香囊，该是一件美事吧！

"香囊暗解，罗带轻分"，是秦观的离别惆怅；"忆当年，周与谢，富春秋，小乔初嫁，香囊未解，勋业故优游"，是张孝祥的壮志向往；"小几上却搁着剪破了的香囊"，是林黛玉的委屈感伤。

小小的香囊，曾牵出怎样过往的伤？光阴里，谁的故事被系在疏影横斜的枝头上？

小小香囊，竟辗转缠绵着如此的情，如此的伤。罢，徒增愁肠。

那香本是属于天地自然的，何必占为己有？在香樟的世界里，仰望一季凡尘高雅，用醉过的心，研成墨，挥写一首无韵的词，赋予一季樟木的香。

心静好陪日月长

走出办公室，校园里阵阵浓郁的花香迎面扑来；走出家门，小区内阵阵浓郁的花香迎面扑来；散步天鹅湖，湖畔阵阵浓郁的花香迎面扑来！

是什么树木，如此慷慨地散播着自己的精华？

迎着香，我的目光在找寻——是香樟！办公室后面、操场旁边、小区的行道旁、湖边的堤岸上、弯曲的石径旁，到处都有香樟的身影！仰脸望着那一树小小的、含笑绽放的黄绿色花儿，我欣喜又自责。这么长时间了，将近五年了，每年的春夏之交，这些香樟都会馈赠它们的香，为何我竟从未在意过，从未贪婪地吮吸过，从未急切地想亲近过，从未感激地注视过？

曾经的那些香都飘向何处了呢？身边的美好，自己为何会浑然不觉地错过了呢？

悔责像一根鞭扬起，抽在我堆满尘埃的心灵上。香樟，你在这里自顾自地生长，我像一只迷路的鸟，不知哪天眼睛蒙上了纱，淡忘了你的模样。这个春夏更迭的时刻，你用你奇异的香，唤醒封冻在我心底最真实的向往。仰望你俊逸的一树繁花，原谅我，我爱你，却遗忘了欣赏和表达。

闭上眼睛，静享花香中的片刻安宁。我是属于这里的，属于一棵树，一季香，一个人的无限怀想。

今晚的星辉下，我散步在樟树的清香里。随风又一阵浓郁的香，爱人伸手指向石径边那一排伸展在夜空下的樟树，走近一棵观望。映着橘橙的夜灯，树上闪着黄晶晶的亮光，那黄晶晶的亮光，随风轻摇，好像一不小心就会流溢出来一样，一时间，竟分不出哪是叶，哪是花……面对此景，除了惊叹、震撼、感动，我还能做些什么？

前行间，迎面走过一位少妇，留下浓重的香水味，我问爱人："这香如何？""刺鼻，晕吐！"我笑，知道他闻不得这香水味，他也知道我闻不得这浓重味。人类费尽心机地想仿造出各种花的香和草的香，怎奈作坊里的香，洗不去俗尘气。

想那一生孤芳自赏与洁身自爱的屈原以香草自喻，并把自然香草与人品美德紧密地联系在一起，"朝搴阰之木兰兮，夕揽洲之宿莽"，"朝饮木兰之坠露兮，夕餐秋菊之落英"。在修身、治国、辅佐君王的道路上，他以自己的独特气质撒满了绚丽、浪漫、芳香的花朵，借助香草表达了一位文人内心世界的一片净土，和自己忠君爱国的赤诚之心。伟大诗人一定和伟大痛苦相伴。在那个特定的背景下，当诗人被迫离开国土、离开政治舞台，不能一展抱负带来的内心痛苦，全部倾注在无声却摇曳着生命之美的自然香草上！

香樟，我只知你四季的绿，却不知你纯净的香。感谢这个春夏之交，感谢这个季节里温和的风，在某一时刻里，让我和我的心走得更近，让我和我的爱走得更近。

"常绿不拘秋夏冬，问风不逊桂花香。泊名愿落梅兰后，心静好陪日月长。"

此刻，闻香心静，愿以陪得日月长。

无法分享的生命

一个人，坐在深夜里。

生锈的思想慢慢褪去了锈迹的颜色，我回归到一个人的世界，一个只属于我一个人的世界。喜欢在这种状态下，把一个人浸润在孤独的浓液里，品尝生命的滋味。回忆，用文字；倾诉，用心灵。徜徉一片清静与真实。

在这个时候，我不排斥任何一种心绪的到来，或者任何一种情感的到来。如涓涓细流，如凉凉月色，潜进脏腑。所谓的刻骨铭心，不过一念深情。喜或者忧，冷或者暖，笑或者哭，都是一个真实的自我。

生命，真好，可以享受快乐，可以感觉痛苦。此刻，任何一种心绪，都是人生的一种滋养。

可以站在天桥，看奔流不息的车流人群，可以看霓虹闪烁的人间灯火。在一片喧闹与流光溢彩里。

这流动的一切不属于我，我也不属于这流动的一切。走近繁华，全是陌生，拥挤，芸芸众生。你和我，都是城市过客，行走在这个城市强烈律动的心脏。

喜欢清新的自然，随四季枯荣的草木，是我心灵的皈依地。天空的辽阔，海水的幽蓝，秋天的落叶，冬日的白雪，春天里蝴蝶对一朵花的缠绵，于我，都生长出无限的眷恋。

漫步田野，成为我的一种习惯。

在冷漠的城市间，经常怀恋田园。我曾一个人骑车，跑很远的路，寻觅一条河，一片树林，一座山，一片田野。坐在某个时间里，想家乡娇艳又隐逸的桃林，梨园开满洁白绝世的梨花……

独自漫步在晨曦、傍晚、初春、深秋、雪天。每一种景致里都刻着我的眷念，每一种眷念里都滋生出一股力量，那是生命的召唤。

于是会痴狂地爱上一棵树，视它为知己。我坚信树木能够听懂我的语言。无法走出困惑的时候，我总是走近它，在仰望里向它倾诉。曾经在它浓浓的树荫下叹息，也曾经在它挺拔的身躯下含笑不语。

树的四季，深深扎根在我的心底。我想，我是活在它的眼里了，它已牢牢活在我的心里。

一个人的世界，很美。

独坐，一个人的世界。

一株柔软的芽，从月光的碎片处开始生长。忽然，很渴望这城市的每一个硬硬的角落，都能萌发出这柔软的芽，让同样孤独的人，可以微笑着憧憬。

生命，终究是一个人的，无法分享。

简单方得自在

四月初,一个周末的早晨,我在厨房准备早餐,抬眼间,无意看见窗外银杏树的枝头,闪烁着新绿,我惊讶:"天哪,它发芽了!"于是,奔到客厅,推开窗,"天哪,它真的发芽了!"一簇一簇的嫩绿,铺满了枝头!

抑制不住内心的喜悦,奔至楼下,抬头仰望草坪上挺立的三棵高大的银杏树,枝头闪烁着新绿!又前行,小区大门两侧直立的银杏树,也都抽出了新芽!站在树下,惊讶、感叹:每天穿梭在它的枝头下,我竟浑然不知啊!

行走在春天里,看不见春天的美。此刻,立在这一树新绿下,我开始惭愧。

每天行色匆匆,上班下班,竟不知身边这样的好风景。我们总是在忙,为了工作?为了生活?为了一份责任?为了人生的价值?可能连我们自己也说不清楚忙碌的意义了。

黎巴嫩著名诗人纪伯伦曾经感叹:"我们已经走得太远,以至于忘记了为什么而出发。"

春天里的花香鸟语,夏天里的蝉唱蛙鸣,秋天里的叶落雁啼,冬天里的白雪风啸,这些大自然的馈赠,我们无法去欣赏和倾听的时候,我们的心智已经患上了残疾。

庄子《逍遥游》里，有"尧让天下于许由"的故事。许由是传说中的隐士，尧打算把天下让给许由，许由不接受。他做了一个经典的比喻："鹪鹩巢于深林，不过一枝；偃鼠饮河，不过满腹。"意思是，一只小小的鸟儿，即使有广袤的森林让它栖息，它能筑巢的也只有一根树枝；一只小小的鼹鼠，即使有一条浩浩汤汤的大河供它畅饮，它顶多喝满了它的小肚子而已。想想我们人又何尝不是如此呢？一日三餐，一辈子能吃多少饭？睡觉一张床，能占用多大面积？

有人问佛祖："什么叫作佛？"佛祖的回答是："无忧是佛。"那么，怎样才能无忧呢？我觉得还是两个字：淡泊。

鹪鹩、鼹鼠的淡泊，是一种境界，是不为物役的简单和自在。淡泊可以减轻人生负累，让心灵得以休憩。

能不能看到大境界，在于我们有没有安静的心灵，有没有智慧的眼睛。真正的大境界，用庄子的话说，叫"磅礴万物以为一"，精神超脱，树立天地情怀，将自然万物融合为一体。

淡泊，方能静下心来，放慢脚步，亲近自然之美。

生活的道理，人生的境界，还可以通过阅读的积累和人生的体验，从生活中的最细微处去发现、去感悟。

丰子恺先生曾经讲过，人的生活可以有三重境界，一是物质生活，二是精神生活，三是灵魂生活。

每一个人在现实生活中，守规则，有职业，顺应很多的要求，这是完成了物质生活需求。和二三好友，一起听听音乐，品品诗词，啜茶倾谈，完成一种文学的陶冶、艺术的享受、美的分享，获得一种愉悦与满足，这是一层精神的生活。人生至高的境界是一种灵魂的生活，它是安静时对自我的一种审视与内省，是孤独，是一种对生命本质深刻的思索与体悟。

如果说科技、哲学、艺术是支撑一个高尚人的三种修养，那么人在掌握自己专业的同时，还要注重自己各方面的修养，让自己的审美、情操、精神走向更高的境界。

怎样获得这三种修养，不断完善自我呢？我认为最直接可行、最获益的方法，就是阅读——不是阅读时下流行的东西，而是阅读经过时间的考验，大浪淘沙积淀下的经典著作。

当代学者周国平一生最大的爱好就是读书和写作，但他是将读书放在首位的。他说："有时候我还觉得，写作侵占了我的读书的时间，使我蒙受了损失。写作毕竟是一种劳动和支出，而读书纯粹是享受和收入。我向自己发愿，今后要少写多读，人生几何，我不该亏待了自己。"可以看出他的读书生活已经是一种人生境界。他认为从一个人读什么书，就可以看出一个人品位、思想、境界之高下。他提倡读书就一定要读名著。

朱永新说："一个人的精神发育史就是他的阅读史；而一个民族的精神境界，取决于这个民族的阅读水平。"

阅读，可以带给我们精神的愉悦、灵魂的安顿。现在有多少人能够坐下来，审视一下自我，问一问："我到底需要的是什么？我内心追求的是什么？我的爱好兴趣是什么？什么才能让我真正快乐？"即使有人能够追问自己的内心，他同时也在被这个社会裹挟着身不由己地前行，有多少人能够在其间坚持着一个本真的自我？

弘一法师有一个"人生咸淡两由之"的小故事。1925年初秋，弘一法师因战事而滞留宁波七塔寺。一天，他的老友夏丏尊来拜访，看到弘一法师吃饭时只有一道咸菜，不忍地问："难道这咸菜不会太咸吗？"

"咸有咸的味道。"弘一法师回答道。

吃完饭后，弘一法师倒了一杯白开水喝。夏丏尊又问："没有茶叶吗？怎么喝这平淡的开水？"

弘一法师笑着说："开水虽淡，淡也有淡的味道。"

这是一种豁达超然的人生心境。逆境之中，恬静从容，安之若素；顺境之中，品得味道，自得其乐。当一个人的心境褪去浮华的外衣，回归到简单朴实，回归到生命最初的需要，在淡泊中静享生命之光普照的快乐的时候，便可以享受一种人生的境界。

洗去浮华，褪去名利之欲，方能静下心来，亲近阅读，让心灵得以从容，走近高贵。那一片风景，那一部经典，一直在为你守候。

语不如默

连续三天，温度一路上升，跟随季节来至春天深处。

炫目的光，湖边的草地上，孩童奔跑的脚步，天空飘扬的风筝——浓浓的春天的气息。

漫步湖边，一切是我熟悉的风景。三五鸟鸣，不见行踪，流水退去，卵石裸露。登临岩石，望碧波盈盈处，行船游人，笑语随风散水中。

我不用想脚下要走的路，凭心情漫步我熟悉的青石径。小桥下已没有流水声，柳树还有些许枯叶纠缠枝头，但已挡不住新抽的柳芽的欢腾。水边的一株玉兰花，花苞含羞张开眼睛，张望着与春风相拥。

前行，一如行走在一幅记忆的画卷中。前方，是我熟悉的四棵银杏树，还有我站立过的湖堤最高处。行至此，远处的街灯，依次点亮在暮色四合处。

看到树，如看到一位相知的朋友。我心怀喜悦，依然如第一次看到它们一样，一棵、两棵、三棵、四棵——四棵树还有它们脚下站立的土地，变成我无法言语的朋友。

春光里，银杏树的叶芽如一粒黄豆般大，圆鼓鼓的，笑盈盈的，仿佛一阵风来，立刻就会炸出片片神奇的绿来。仰望时，银杏树每一枚叶芽仿佛都化作甘泉，汩汩流淌在我的心田。此刻，我的心田融进它生命的琼浆，它生命的琼浆潜入我殷红的脉管里。

我的银杏树，每次，走近你舒展开的那片天空，我总会投去关注的目光。你虽然不语，然我心灵所有的语言你都能听懂。走近你的身旁，就是走进自我心灵的天地。一个人，爱上一棵树，这不是传奇。生命，可以用心灵交流。

今天，再一次看到你，我惊叹不已。原来，一只鸟儿将巢安放在银杏树枝头！我含笑仰望，看着鸟巢奇特的形状，想它是怎样寻觅枝丫，飞上飞下，一根一根衔来，用上百根长短不一的枝条搭建成神圣不可侵犯的家园。良禽择木而栖，这必定是一种智慧的鸟儿。我等待着，希望能一睹鸟儿的容颜。徘徊流连许久，依然不见它的出现。我想，它定是飞回南方，迎接它的伴侣或儿女了吧！择湖而居，择木而栖，善哉！

期望有一天，我能和鸟儿不期而遇，成全一份缘。

站堤岸高处，望苍茫邈远。"择高处立，就平处坐，向宽处走。"用清净之心看世间，世间即清净；用平静之心看万物，万物皆超然。

不管时光如何变换，不问季节如何更迭，回归自然，人生多一份自在。心间拥有一泓清泉，人生多一份悠然。

语不如默，语言能表达和证明的太有限了。如果生活拥挤，没关系，一个人一棵树，足矣。

大地的深情

早春二月，绵绵细雨包裹着合肥城，天依然寒冷，两周多了，一直是阴雨。

守护着四季的植物，被洗涤得油亮亮的。踩在干干净净的柏油路上，四周是瑟瑟的冷，感受不到泥土的松软，感受不到一丝春的气息。我用眼睛寻找着，细瞧处，猛然发现冬青的枝尖上，枯树的臂膀上，草坪的丛杂处，已冒出无数新生的嫩嫩的芽儿！无声却有形。我被这小小的芽儿震撼了！阴雨中，这晶晶亮的、翠翠的、嫩嫩的芽儿，多像睡在妈妈怀里的一个婴孩。我欣赏夏天枝繁叶茂的浓荫，欣赏秋季层林尽染的奇异，欣赏冬岁雪花飘舞的轻盈。而此刻，面对这寒潮里的新生，竟深深感动，并油然而生一种敬畏之情。

阴霾不开，大地让萌芽如期而来。

当我还穿着厚厚的棉衣，浑浑噩噩等待春天的时候，大地已如奔腾的激流，将讯息传递给每一个在它肌肤上扎根的孩子，告诉孩子：不管怎样的天空，都要如约赴自己花开的时令。

大地弹奏着生命的曲调，风开始变得柔软。我只把眼睛盯向阴晦的天空，却不知地下如潮水般汹涌。

天鹅湖畔，湖依然清瘦，它敞开胸怀迎接雨脚的鼓点。此刻，它还在酣睡吧，雨有没有踩疼湖水的梦？

　　一湖春水撑寒空。我捡起一枚小小的卵石极力投向最远处，送去我的问候。没有比湖更宽容的了，不管是急的雨、暴的风，还是骄阳、寒流，抑或夏天里的水涨、秋天里的水消，它都用静默的胸怀一一接纳，然后将自己变成美丽风景，交给前来观赏的众生。人们对着它沉思或放歌，它像大地一般沉默，欢乐的人看着它欢乐，忧愁的人看着它忧愁。

　　石径边一株我叫不出名字的紫红色的小花，开了，败了，花蕊残留。它不懂我的怜惜，我自懂它的飘零。它太弱小了，在这早春的寒雨里，它悄然燃烧，用落在地上的花瓣，宣告着生命的存在、春天的到来。

　　每一个季节都有绽放的花朵，每一个生命都有绚丽的色彩，大地的深情，写满人间。

第四辑

彼岸是故乡

就这样，埋下一颗种子

小时候，整日在田野疯跑，春夏秋冬，跑着跑着，把自己跑成了一株草，一朵花，一棵山坡上的树，一条石桥下的小溪流，一块溪流中的小石子，一条自由自在的鱼……

我出生的地方，平原辽阔，田地环绕，房屋错落有致。村庄南边是一条河，河的南岸是一望无际的梨园。家乡盛产酥梨，说起砀山梨，已有千年历史，因其皮薄个大，汁多味甜，酥脆爽口，还有润肺止咳之功效，被誉为"果中甘露子，药中圣醍醐"。古时候，砀山梨作为贡梨进贡给朝廷。

梨树春季开花，夏季蓬勃，秋天收获。

每年四月，梨花盛开的季节，家乡就是花的海洋。朵朵洁白的梨花绽放在枝头，肆意张扬。花朵有的疏，有的密，有的淡雅，有的浓烈，每一朵花都绽放出最美的样子，用这种方式宣告自己的存在。当面对一朵花的时候，可能会心生怜爱；当面对这一望无际的花海时，仿佛身在梦里，心中升腾起一种欢愉满足，一种无可言说的轻盈。

梨花用它的筋骨和花魂为尘世营造一个缥缈而纯净的境界。

这时候，大人们是忙碌的，因为要人工授粉，程序极为讲究。先要收集花粉，从梨树枝头上选取开得浓密且大瓣的花朵摘下，铺一张白纸轻轻搓捻出花粉，放在温暖干燥的房间内烘干。烘干后，花粉分装在小玻璃瓶里，带到梨园授粉。那可是一件细致的慢功夫活，要选用长短不一的细竹竿，一头固定上削成三角形的橡皮头，蘸上花粉，站在树下或爬上树干，用蘸上花粉的橡皮头点在花蕊上，一朵一朵地点……小孩子只能看，干不来这精细的活，就在梨树下欢腾。

学燕子斜飞，仿鸟雀筑巢，观蚂蚁觅食……这眼前的花与飞禽小虫就是我全部的世界了。疯累了，就躺在松软的土地上看天空，或爬上梨树，寻一处粗壮的枝干曲肱而枕，闭上眼，卧听清风拂过林木的轻响。此刻，心中升腾起一种欢愉满足，一种无可言说的轻盈。

像这样欢愉满足的时刻有很多，垂柳依依的石桥上，蒲公英开遍的田间，夏日蛙鸣的小河边，繁星闪烁的夜晚……那一份质朴与纯真，"天地与我并生，而万物与我为一"，那是生命最初最好的状态。就这样，在故乡的土地上，生命染上泥土、天空和溪流的颜色。

就这样，在故乡的梨花园、田埂上、小河边，我的心中埋下一颗种子，一颗万物平等的种子。平等即是爱，爱一棵树，爱一朵花，爱一条河，爱一只小小的闪闪发光的流萤……

那片迎春花

早春二月,迎春花如期绽放,摇曳枝头,释放出自由、奔放与信念。

那朵朵小小的黄灿灿的花儿,像无数蓄势待发的船帆,只要一阵风来,便可驶向梦想的彼岸;又像无数振翅欲飞的鸿雁,只要一声呼唤,便可冲向纯净的蓝天;像颤抖在晨光里的露珠;像久别重逢时无言而泣的眼。每一朵小花里,仿佛蕴藏着无穷的力量,辗转在冬去春来的时光里,用开花的快乐,弹唱生命的誓言。

思绪随着肆意绽放的黄花,走进记忆,走进故乡宿州,我生活过的城市,我居住过的家。最初,在我居住的小院东墙上,每年的春天,也会开满迎春花,那些久逝岁月的光辉里,总有对它抹不去的思念,虽轻盈,只要一想起,就会紧紧萦绕在我的心头。

后来拆迁,花随老房子一起消失了。

搬进新家,我住进宽敞明亮的楼房,从此,再不见迎春花的身影。对于植物的喜爱,好像是我与生俱来的一种本能,是我生命里流淌着的一条清澈的小溪。楼房宽敞明亮了,小巷一如从前,热闹、喧嚣、拥挤,依然是人流,是商品。我从花市挑选了自己喜爱的盆景置在居室,聊慰我因迎春花的消失而怅然的心。

我住的那条街的名字叫大河南街,在宿州城也算是最繁华、最古老的一条街巷了,我在那里居住了十五年。

如果现在问儿子:"最怀念大河南街什么?"他会不假思索地回答:"那里的小吃。"如果让他想一想再回答,他的答案依然不变:"小吃!"小吃成为儿子童年记忆的一部分,也是大河南街留给他最初、最美好的记忆了。单凭这一点,大河南街就是最具有烟火气息的地方。

当第一缕晨曦还没有升起,小巷用诱人的香,开启新的一天。

那缕缕晨烟,升腾起人间最温暖的画面。卖早点的人在天边星子还没有坠落的时候,就开始忙碌了,天微亮时,任何一个早行的人,都可以在这里买到自己可心的早点。听听那些名字,就够让人嘴馋的了:香软的小笼蒸包、外脆里软的煎饺、鸡蛋灌饼、可以和比萨媲美的酥油饼、黄灿灿的油条、沾满芝麻粒的烧饼、飘着豆香面香的粥、鸡汤豆腐脑……卖早点的人,热情地招呼着,脸上总挂着亲切、憨实的笑。中午和晚上就更丰富了,麻辣鸡、铁板烧、麻辣串、面皮……说到面皮,那算是天下最地道的了,薄薄的,亮亮的,软软的,口感非常筋道,配上黄瓜丝、海带丝、烫熟的绿豆芽、碾碎的花生米、芝麻盐,喜欢吃辣的话,加上诱人的油炸红辣椒,可切好盘装凉拌,可卷起来拿着吃,那味道叫一个纯!在合肥再也没有吃到过这般纯正的面皮了。

所有具有北方特色的小吃,在这里应有尽有。

这条小巷具有浓厚的人文气息。大河南街45号,是一座具有百年历史的基督教堂,人们习惯叫它福音堂。刚到宿州时,我就住在福音堂的对面,每个礼拜都能听到《圣经》的诵读声,内容虽听不清楚，但那种特有的超然音韵，有一种独具魅力的美和打动人心的力量。

我不是信徒，但礼拜天福音堂的大门是向每一个愿意进去的人敞开的，我偶尔进去过，被那种场面震撼：肃穆、庄严、虔诚，每个人手捧经书，或跪或坐，诵经声萦绕在房顶和每一个角落，在歌声里，信徒们是那样安详和幸福。那种祥和会深深浸润在场的每一个人，此刻他们所有的苦恼，生活的失意，都随歌声飘向窗外，飘向云天了吧。在一种忘我里，走向心灵的纯净和精神的愉悦。

大门外，是熙熙攘攘的人流、菜市、小吃、商铺；大门内，是一处洁净、纯粹的精神家园。

物质和精神，庸俗和高尚，生活和信仰，在这里，随时光一起慢慢沉淀，大门之内和大门之外，是这座城市、这条街巷的两根动脉。流转的光阴，变换的人群，伴随在城市上空的日月星辉，是它永远不竭的新鲜血液。这条街巷是一位沧桑的老人，又是一个强健的青年。那份独特，只有脚踩在它的大地上，触摸到它脉管的搏动，休憩在它温暖的胸怀里，用一颗爱它的心，才能深刻地感受到。

福音堂，不能不提到一个人——赛珍珠，一位美国作家，被身为传教士的父母带到中国。赛珍珠在中国生活了近四十年，她把中文称为"第一语言"，把曾经生活过的镇江称为"中国故乡"，福音堂是她在宿州的故居，作为一段历史和记忆，"赛珍珠故居"至今保留着。

赛珍珠对中国和中国人民怀有深厚的感情，她曾在自传里以饱蘸深情的笔触说道："在南徐州（今安徽宿州，因靠近苏北重镇徐州，又称南徐州）居住的时间越长，我就越了解那些住在城外村庄里的穷苦农民，而不是那些富人。穷人们承受着生活的重压，钱赚得最少，活却干得最多。他们活得最真实，最接近土地，最接近生和死，最接近欢笑和泪水。走访农家成了我自己寻找生活真实的途径。在农民当中，我找到了人类最纯真的感情。"

在宿州生活的四年多时间里，凭着对宿州这片土地上人民的深厚感情，她经常到周边农村，走进农家和田间地头，亲近农民，了解农民，以一个外国人特有的感情，深刻地描绘了旧中国农村和农民的生活，并相继发表《大地》三部曲：《大地》《儿子》《分家》。其中《大地》写得最经典，"她对中国农村生活所作的丰富而生动的史诗般的描述"，让她荣获了普利策小说奖和诺贝尔文学奖。赛珍珠成为迄今唯一因写中国题材荣获世界性文学奖的外国作家。

宿州古城和宿州农民成就了赛珍珠。大河南街福音堂，因为赛珍珠，承载着一份文化底蕴。

这座城市不会记得我，但我再也无法忘记这座城市。

在所有我生活和成长过的地方，一条河流，一片树林，一个村庄，一座城市，一条街巷，一首歌曲，一朵小花，我都常常怀想，纯粹、简单、自然、真实，用一颗柔软的心。那些挥之不去的，都曾经是人生中最美或最痛的记忆。

我是一个喜欢静处的人，为了寻安静，我家的窗户，又安装了一层隔音玻璃。但有一种声音，我不会拒绝。

当天空飘起雨，我会推开窗，站在窗前，听雨。在城市的房屋、青灰的马路、奔驰的车辆、店铺前的雨篷、电线杆上，在行人的伞上、雨衣上，在没有来得及归家的鸟雀身上，所有雨能够敲打到的这个城市的地方，我都能够听得到它的声响，听得到它咚咚咚的心跳，听得到它肆意挥洒的舒畅和不必拘泥的快乐。雨声敲打这个城市特有的音响，虽然轻，我却全部能够听得到，能够听得到它的美妙！此刻，我的世界是喧嚣的，喧嚣里又可以安静地想。

　　打开窗，循巷望去，五颜六色的伞，像点点绘了色彩的云，在深深浅浅的小巷里绽放。

　　此刻的小巷是属于自然的，又是属于人世的。此时此景，两旁的楼房在我的眼前幻化成青山，流动的人群幻化成江水，窄窄长长的小巷幻化成行船，"春水碧于天，画船听雨眠"，我在烟雨中，我在船上，船在水中。我喜欢这样的一个人的世界，一个人独自的安静。欣赏着这古朴街巷里裹藏着的浓浓的人间烟火的味道，那些缠绕着雨丝的不愿吐露的忧伤，轻轻飘盈在小巷的上空、楼顶和窗檐上。

　　春天来了。郊外，阳光照在松软的泥土上，空气中蕴含着青青麦苗的香。公路旁，田野中，山坡上，河岸边，点点被绿染。谁能阻挡这春天里土地上草儿的萌芽，枝头上花儿的开放？这个从残酷的严冬里流泻出的优雅的春天，在河之阴翻开昨天：

　　宿州市南有陈胜、吴广盟誓诛暴所筑的涉故台；北有刘邦避秦兵之地，已被评为国家级森林公园的皇藏峪；东有垓下古战场、虞姬墓；西有李白饮酒赋诗的宴嬉台；中有白居易寓居多年的东林草堂，黄河古道从这里穿过；孔子弟子闵子骞是宿州人，李白、韩愈、白居易、苏轼等饱学之士都曾游历于此。

　　这个春天，在片片萌生的无限绿色里，在层层积聚的无穷力量里，我又听到陈胜"燕雀安知鸿鹄之志哉"的对天发问；听到项王"力拔山兮气盖世，时不利兮骓不逝，骓不逝兮可奈何，虞兮虞兮奈若何"的慷慨悲歌；听到闵子骞"鞭打芦花"的诉说；听到白居易"野火烧不尽，春风吹又生"的吟唱。那些名字、那些故事和那些诗句，随春天，植根在宿州的土地。

　　我再不会倚在曾经的那扇窗，赏雨中的那条巷。对宿州的记忆，就像无法改变的四季。打开的时候，如绽放的迎春花，翩然在早春温暖的阳光和灿然的星辉下。

藏在麦粒里的爱

每年麦子收获的季节,家里大大小小的几口缸里,便堆满了黄灿灿的麦子。

被骄阳晒透的麦粒带着浓郁的麦香,个个像喝饱蜜的孩子,亲昵地滑过父母的十指,乖乖地躺在麦缸里。

收粮归仓后,农民的心里踏实了。日子虽然过得平淡清苦,但生活里弥散着麦粒的香和一只红苹果的味道。

我小时候生得瘦弱,常生病,妈妈总是想尽一切办法为我补些营养。一次哭闹时,妈妈牵着我的手,穿过堂屋,走进排列着大大小小麦缸的屋子,停在中间稍大的麦缸前。妈妈为我擦去眼泪,脸上带着神秘:"来,用手扒扒小麦,看里面有什么!"我不情愿地岔开十指伸进麦粒,很快麦子的温热与亲密让我忘却了不快。我从来没有和麦子如此亲近过,麦粒间竟然有阳光的温度!"妈妈,你摸!麦子温乎乎的!"

妈妈伸出一只手抚摸起麦粒,麦粒也抚摸着我们的手。我和妈妈笑着,几缕阳光通过窗照进来,洒在房间里。

"来,再向下点,看看有什么!"妈妈用一只胳膊抱起我,我整个身子几乎都要伏在麦缸里,我的手触到了一样东西!当我涨红了脸,双手抱出一只红苹果时,惊喜与兴奋占据了我的心田。

洗干净一口咬下去，甜甜的果汁顺着嘴角流下来……我全然不知身旁的妈妈用一种怎样慈爱的目光，注视孩子幸福的样子。

　　那时，能吃上这样新鲜的水果，也算是一种奢侈了，须逢七天一次的集会才可以买得到。不管生活多么艰辛，妈妈总会用爱制造惊喜。

　　后来，麦缸成了储存苹果的地方。"去麦缸里拿苹果！"这是童年里，妈妈留给我印象深刻的一句话。那枚象征着幸福的红苹果，温暖了岁月。

　　虽然至今我也不明白妈妈为什么会把苹果藏在麦子里，但我知道，那是母亲用最单纯的爱，为我留下的最美回忆。

　　藏在麦粒里的爱，一生温暖。

闪光的记忆

今天,去妹妹家。母亲抱着妹妹满十个月的婴孩,为我开门。

就在门打开的那一瞬,我看到母亲满头白发,笑意盈盈,宝贝似的抱着妹妹家婴孩。那一瞬,时光仿佛穿过一段沧桑岁月:母亲曾经不就这样宝贝似的抱着我、抱着弟弟、抱着妹妹,站在门口,等父亲进入家门的吗?

耳边又回响起母亲与父亲的一次谈话。母亲的一句话,印在我的心底:"跟你过一辈子,就落得三个孩子。"这句话,是母亲一生的幸福,也是母亲一辈子的辛酸。那是一个女人从青丝到白发,从皮肤光洁到满脸皱纹,从希望到失望又到憧憬,所有的痛与累、喜与悲、笑与泪交织的无法重复的光阴。

母亲,三个孩子,就是您全部的精神寄托吗?

多年之后,我读懂了母亲。在那艰难的岁月里,她用一个女人柔弱的肩头,用一个母亲坚强的心,支撑起家的含义。

我的文字已无法成全母亲的内心。是什么支撑她从那个荒凉、贫困的年代里,从无休止的劳作中活下来?岁月会风干一些记忆,而有些记忆是烙在心灵里的。对母亲而言,苦难的生活已沉淀成一潭澄澈的水,心已淡然无雨。

童年的我和母亲的相处虽然断断续续,但母亲给我的影响和留给我的记忆,总是闪光的那部分。

母亲是一个爱干净的人，每天早起第一件事就是把屋里、庭院打扫得干干净净，然后燃起温暖的炊烟。她割草、喂牛、拾柴、担水，她耕耘田地、收获谷米，她侍奉公婆、照顾妹妹弟弟，她是长嫂，却尽着母亲般的责任。

母亲，那荒凉的土地上有您洒下的汗水，那葱绿的秧苗、黄灿的玉米是您付出的回馈。

除了劳作，母亲心底里有一道温暖的光。她有爱书的情结，农闲时，她从不去串门，和别人说张家长道李家短；她就陪伴我看书，那时，家里几乎没有什么书，母亲总是有办法弄到。儿时，我有好多连环画，让小伙伴们羡慕不已，惟妙惟肖的绘图配上生动简洁的文字，我看起来爱不释手，母亲也常会讲给我听。不经意间，母亲爱书的情结已播撒在我的心田。直到现在，一有空闲，母亲总会戴上老花镜，坐在窗前、灯下，拿起报纸或者一本书，很投入很投入地看。那一片光亮，也许，就是她心灵的明灯。

母亲，您在读那些文字的时候，那些文字也在阅读您了。在艰辛的生活中，您选择了一种将心灵寄存的方式。

现在，每当看到满头银发的母亲小心地戴上花镜，爱惜地拿起一本书看的时候，我心中有欢喜，又有一种被玫瑰的刺扎在手上又传到心上一样的疼。我说不出这种疼是为了什么。

不管行走在怎样的境遇里，母亲的世界里永远有一片光辉。

行走在时光里，母亲的心头有岁月撒下的光辉。母亲把生命凝聚成一种信念，把生活化为歌唱的流水。抬眼处，那是她为自己，为我，为家，支撑起的一片光明的天空。

唯有那一方天地不可忘却

一排整齐的教室，一方平坦的操场，一行挺拔的白杨，阳光洒下，风吹着树叶沙沙作响。那一方天地，如一幅唯美的画卷，印在心底，不可忘却……

那是一所乡镇小学，外公在那儿任教，我跟随外公在那里生活。一年的时光，快乐无忧——纯真的小伙伴，光滑的小石子，高大的白杨树，琅琅的书声，微光中的晨练，夕阳下的漫步，还有每天都要吃的外公做的手擀面……

最难忘的是那盆光滑的小石子，是小伙伴们从田间地头或路边捡来的，大小如蚕茧，均匀有致，花纹各异，在那个年代也算是我和小伙伴们最有趣的游戏玩具了。

有一种玩法，是一只手掌托两至三个，抖动手腕，弹起一个，落下的一瞬间，另一个又弹起，第三个紧接着弹起。弹起、落下、弹起，三个小石子错落有致地弹出手掌心，让人目不暇接，简直像流星雨！技艺好的，还可以双手同时弹起四五个，让围观的小伙伴欢呼赞叹。

还有一种玩法，就是两人对坐丢石子，所得石子多者为胜利方。

一个一个的小石子，竟有无穷的魅力。我和小伙伴常常玩到夕阳西下，夜幕降临，才恋恋不舍地各自散去。

还有外公为我搓捻的跳绳，亲手为我缝制的沙包，用漂亮的鸡毛扎成的毽子，拴在两棵白杨树上的秋千，操场上的蛐蛐，田野里的蟋蟀，柳树上的天牛，夜晚的萤火虫……

那时的天空是那么蓝，那么清澈。夜空也是深邃的蓝，繁星点点，无比璀璨，闪烁着宝石般的光芒。四周寂静，偶有虫鸣，祥和共生。空旷的操场，一老一小，星空下散步，听经年的故事，如泉水轻流……

别林斯基说："一切真正的和伟大的东西，都是淳朴而谦逊的。"童年的回忆不仅是淳朴而谦逊的，更是完美的，不管是快乐还是忧伤。

今是寒冬，白杨零落，教舍已不复存在，小石子已无处可寻。我牵挂的外公，年过耄耋，步履蹒跚，他浊浊的眼眸，偶尔闪烁着光，大概也和我一样吧，想起那一方天地时，拥有无限的甜蜜，甜蜜的哀伤。

寒灯独夜人

窗外，飘起淅淅沥沥的雨。

我推开房门，看到雨中那棵银杏树，枝头稀稀落落的叶，我知道，它躲不过今晚的风雨了。

是西风无情吗？还是宿命呢？也许明天留给我的只有光秃秃的枝干，至此，一夜之间，它完成了又一季的轮回。

我不喜欢春天的喧闹，却在这个夜晚那么强烈地期盼着喧闹的春天来临。

"独坐悲双鬓，空堂欲二更。雨中山果落，灯下草虫鸣。"此刻，没有山果和草虫，只有窗外的雨声和灯下独坐的我。

外婆，您好吗？

前段时间您走路摔倒，导致腿骨粉碎性骨折。年过九十岁的老人，不能手术，无法治疗，接受医生建议，卧床静养，自己康复。我不知每天您要忍受怎样的疼痛，只知道您不允许任何人触碰，否则您就大哭，只喊"疼，疼……"回去看您的时候，一天的时间，您没说什么话，问什么，只是摇头。

外婆，您是多么爱笑啊！每次见到我，您总是开心地笑着，和外公一起，向我问东问西，有说不完的话。可是现在您似乎不会说话了，大概只是疼吧，只是难过吧，只是看到我，您又想起外公了吧，想起我们三人在一起的往日了吧！谁能够永远地陪伴着谁呢？一年前外公已长眠于南园，那片我们曾经耕耘过，种植过粮食和蔬菜的南园，只有那片土地，永远地陪伴着外公了。

您和外公给予我的何其多，是我生命中多么重要的人！而我又能回报些什么？多少次想请长假，回去照顾您和外公，多少次想放弃工作，陪伴着您和外公一起生活，多少次……我终归是为现实低头的人。想起龙应台的陪伴，那是一种令人肃然起敬的气魄——从台北回到乡村，陪伴93岁的母亲。她母亲身患失智症，已认不得她，但她用最深情的陪伴，回报着母亲——呼唤着母亲的名字，依偎在母亲的怀里给她读报，推着母亲晒太阳，和母亲聊天讲故事，虽然母亲听不懂，但她确信母亲可以感受到她的气息和温暖。今天，我们不再为物质生活发愁，此生唯一能给的，只有陪伴。

外婆，于您最好的回报是陪伴，而我却给不了。您茫然的眼神，因疼痛而落下的泪，牵扯着我痛的神经。

窗外，飘着淅淅沥沥的雨。

此刻，窗外的世界，千里之外您的世界，孤灯下，您是不是听到了落叶的飘零……

此刻，窗内的世界，咫尺之间我的世界，孤灯下，我确乎听到了银杏叶的飘零……

"落叶他乡树，寒灯独夜人。"此刻，您和我皆是那个寒灯下的不眠人。外婆，我想您了。

我不喜欢春天的喧闹，却在这个夜晚那么强烈地期盼着喧闹的春天来临。

别

2018年1月28日，大雪。高速封路，列车无法直达，辗转从合肥到徐州，再转乘回砀山。迎着漫天大雪，回家的路从来没有这样遥远和艰难。

和您聚少离多，每一次短暂的相见，我不敢说再见。压抑的情感会像潮水般涌来，一说我要走了，您像一个无助的孩子，扯着嘴角委屈地流泪，只能流泪，无法言语。

对我的依赖和不舍，就像小时候我对您的依赖和不舍一样。

童年的时光植根在心底。那一方院落，一块田园，一条小路，两排梧桐，记忆中依然闪烁在脑海。迎着晨曦，您带我晨练；伴着落日，您牵我散步，我们的影子被夕阳拉得很长很长……院落的花园里，春夏季节花团锦簇，牵牛花、夜来香、鸡冠花、指甲桃……虽不名贵，但花开时节，群芳斗艳，芳香满园。寂寞的小院，两个老人，一个我，因这一园的繁花而生气无限，幸福满怀呢！

通往南园的那条小路，我们不知走过多少遍，那块田地是我们的世外桃源。几排苹果树，葱绿的庄稼，地头开辟一块菜园，四季有可吃的蔬菜。我和外公、外婆一道除草、摘菜。土地不算肥沃，但蔬菜新鲜，在那个贫瘠的年代，豆角、茄子、韭菜、西红柿、南瓜给我们的生活带来无限的快乐和美好。

我第一次读到的连环画，第一次看到的《红楼梦》人物插图，第一次穿上的保暖衣，第一次围上的粉色丝巾，第一次吃到的美味零食，第一次荡的秋千，第一次玩的沙包、跳绳、皮筋……别人家孩子有的、没有的，那个年代您省吃俭用，总会带给我惊喜。

在村后的池塘捉过小虾，在清清的河边钓过青鱼，用长长的竹竿挑过蝉衣……还有那段跟随您在学校度过的日子，操场、教室、白杨、石子……阳光总是明晃晃地照在身上，童年的记忆和您紧紧联系在一起，只要打开，铺天盖地。

后来，您买来了一台留声机，小院经常流淌出重复的唱词，《朝阳沟》《穆桂英挂帅》《花木兰》……薄薄的一张唱片，竟然如此神奇！听得多了，还能跟着哼唱，觉得曲调极美！至今所能记得的戏曲都是那台留声机所赐予的。

多少个夜晚数着星星听您讲故事，或者在草丛间逮蛐蛐，多少次出门您牵着我的手，多少欢乐逗趣的时光。岁月无情，催您老去，从花甲到耄耋。

还记得上一次见到您是在八月的暑假，您躺卧在床，只能扶起坐立。我给您洗脸洗手，修剪指甲，剥开香蕉喂您吃。岁月竟让您变成这般光景！生活完全不能自理了。

坐在旁边的外婆像一个不谙世事的孩童，依然含笑开心地看着我，声音一贯慢慢悠悠，唤着我的名……

亲爱的外公外婆！我泪婆婆。

今天再一次看到您，您双眼紧闭；再一次牵您的手，我呼喊着，您不再回答我，传递给我的只有刺骨的凉……刺骨的凉……

无尽的悲伤将我淹没！我亲爱的外公去了，从此阴阳两隔。

当生命的时针指向死亡，这样的时刻谁又能奈何？

外公，您留给我的暖，我会好好珍藏。您一生的淡泊无争、心澈如水亦留给我。

永别了，我的外公。